Arrêtez le carrelage

DU MÊME AUTEUR

Fenêtre sur femmes, Albin Michel, 1988
Né de fils inconnu, Albin Michel, 1995
Un tueur dans les arbres, Clô, 1996
Un ornithorynque dans le tiroir, La Loupiote, 1996
La Clef de seize, Canaille Revolver, 1996
Blue Movie, en collaboration avec Françoise Rey, Éditions Blanche, 1997
Nice, 42e rue, Canaille Revolver, 1997

Patrick Raynal

Le Poulpe
Arrêtez le carrelage

Librio

Texte intégral

A Léo pour le titre.
A Manu pour la vie.

Éditions Baleine, 1995

1 – Histoire de Job

— Je te relis, Job, fit le capitaine de la gendarmerie de Port-Louis. Si tu n'es pas d'accord sur quelque chose, tu me le dis. D'accord ?

Job fit signe qu'il était d'accord et le capitaine commença à lire.

Je rentrais du secteur de Groix avec ma pêche du jour. Il faisait beau. Le coup de noroît de la veille avait laissé de sacrés creux mais la houle n'était pas trop rude. Le jour commençait à se lever et quand je suis rentré dans la passe du Sud, le feu des Errants avait l'air tout pâle. J'ai bu mon premier canon de la journée et j'ai laissé La Belle Bretonne *tailler sa route vers la maison. Pour une bonne pêche, c'était une bonne pêche. Une pleine caisse de soles, une palanquée de lieus jaunes et dix bons kilos de gros rougets. J'avais même un gros homard et une poignée de bouquets de la taille de mon doigt. J'ai coupé les gaz en laissant le Soulard à tribord et j'ai navigué sur le feu des Sœurs. C'est en m'engageant entre les Sœurs et le Cabon que je l'ai vue. Une putain de mine allemande qui me regardait au travers d'une grosse vague. C'est sûrement le Bon Dieu qui l'a fait monter dans cette vague au moment où le jour pointait parce que, sans lui, j'étais bon pour la cogner sans rien voir. J'ai bien pensé à abattre sur bâbord mais le vent poussait encore assez fort et je me suis dit que* La Belle Bretonne *était bien trop lourde pour ne pas crocher dans cette saloperie par le cul. J'ai fait ce que votre père m'avait appris, mon capitaine. J'ai plongé à la baille sans chercher à savoir l'âge de la gamine et j'ai nagé avec mes bottes et mon ciré comme si ce bon dieu de Diable me chauffait les fesses. Juste à temps. J'ai entendu le bruit, j'ai senti le souffle et je me suis retourné pour voir* La Belle Bretonne *sauter en l'air comme un lapin avant de filer par le fond comme un bon dieu de fer à repasser. J'ai nagé jusqu'à l'île aux Souris et j'ai attendu qu'on vienne me chercher.*

— C'est correct, Job ? fit le capitaine en relevant ses lunettes sur son front.

— Non c'est pas correct, mon capitaine. *La Belle Bretonne* n'était pas toute jeune mais c'était le seul bateau que j'avais.

Un jeune gendarme sourit de la méprise de Job. Le regard glacé du capitaine lui fit vite comprendre où il pouvait ranger son humour.

— Je ne parle pas de ton bateau, Job, mais de ta déclaration. Veux-tu y changer quelque chose ?

— Dame, non. C'est bien une saloperie de mine nazie qui m'a envoyé par le fond. Et qu'on me croie ou non, c'est du pareil au même.

— Je te crois, Job, soupira le capitaine. On va pas être nombreux à le faire mais je te crois.

Job remit sa casquette.

— Et mon bateau ? fit-il. Qui va me le payer ?

— Vu ta déclaration, mon pauvre Job, j'ai bien peur qu'il faille que tu t'adresses au gouvernement allemand.

Le jeune gendarme vérifia que le capitaine regardait ailleurs avant de se permettre un autre sourire.

2 – Où l'on apprend que le blues est une maladie de l'âme et des pieds de porc

Gérard avait le blues. Quelque chose manquait dans son environnement et il ne savait pas quoi. C'était comme un creux, une absence dans l'assaisonnement de sa cuisine, un manque dans l'idée qu'il se faisait d'un lieu qu'il avait construit aussi bien sur la composition de la bouffe que sur la nature de ceux qui devaient la manger. Depuis trois jours, il s'interrogeait là-dessus. « A quoi bon faire une bouffe aussi précise que possible quand on ne la sert pas aux gens qui peuvent en mesurer la précision ? » C'était une question de pure rhétorique, une plage d'abstraction totale dans un métier qu'il avait choisi pour son aspect purement concret mais, même en jetant un regard le plus glacial possible sur les gens qui suçotaient les os de son fameux « pied de porc à la Sainte-Scolasse » dans la salle du troquet du même nom, il se demandait pourquoi son boulot n'était plus qu'une facilité sans âme, une virtuosité sans vrai public.

— Deux Sainte-Scolasse pour la douze, deux, brailla Vlad en faisant de son mieux pour mettre un peu de joie dans le quotidien qui pesait soudain si lourd à son patron.

— Deux pieds, transmit Gérard à Maria qui, du fond de sa cuisine, veillait avec inquiétude sur la morosité inhabituelle de son homme.

— Un seul être vous manque et tout est dépeuplé, articula le petit gros en costard qui picolait au bar devant *Le Parisien libéré.*

— Il te manque quelque chose ? demanda Gérard en s'efforçant d'avoir l'air aimable.

— Mon verre est vide, si c'est de ça que tu veux causer.

— De quoi je pourrais bien causer à un poivrot dans ton genre ? fit Gérard en empoignant le col d'une bouteille de beaujolais.

— De ce qu'évoquait le poète, pardi. D'une absence lyrique. D'un trou dans ta propre existence, par exemple.

Gérard remplit le verre du petit gros en serrant les dents. Il n'aimait pas qu'on se mêlât de sa vie privée et cette irruption soudaine dans le cours de ses pensées lui donnait enfin l'occasion de se mettre en colère contre le monde entier. Il posa son torchon, se servit un verre de pinard et s'approcha du petit gros jusqu'à lui parler dans le nez.

— Tu m'as l'air d'un poète, souffla-t-il. Les artistes ne paient pas leurs notes aux bistroquiers mais ils leur font oublier qu'ils œuvrent dans la limonade. Tu veux qu'on parle de ta douloureuse ? Un mois de cuites quotidiennes et pas la moindre ode à la défonce. Tu n'es qu'un fonctionnaire fauché et sec, mon vieux Louis. Tu ne te contentes pas d'émarger sur ma feuille d'impôts, tu m'obliges à casquer la TVA sur les consommations que tu n'as même pas pensé à payer. J'ai beau regarder autour de moi, je ne vois qu'un trou dans mon existence. Celui que tu creuses avec ton putain de gosier.

— Certes, reconnut Louis. C'est un beau morceau d'éloquence et je suis fier de te devoir du fric. Rares sont les limonadiers capables d'engueuler les poivrots sans les faire fuir. N'empêche que tu devrais quand même t'intéresser à autre chose. Regarde donc ça.

Le petit gros fit pivoter son journal.

— J'ai pas mes lunettes, fit Gérard. De toute façon, je m'en fous.

Vlad, les mains chargées d'assiettes fumantes, fit un arrêt au-dessus du canard.

— Un chalutier qui saute sur une mine dans la baie de Lorient, lut-il. J'ai vu ça ce matin et je me suis dit que Gabriel était parti depuis un sacré bout de temps. C'est un truc qui l'aurait sûrement excité.

— C'est pas moi qui l'ai dit, fit le petit gros avec un sourire satisfait.

— Vous causez de Gabriel ? intervint Maria en essuyant ses mains contre son immense tablier. J'ai vu Cheryl au marché. Elle a rien dit mais j'ai bien vu qu'elle y pensait.

Gérard avala son verre cul sec. Il s'en servit un autre et le sécha aussi sec.

— Et si tu retournais à ta cuisine, Maria ? Vlad pourrait aussi servir ces pieds avant qu'ils ne soient complètement gelés et les clients auraient une foutue raison de revenir bouffer dans une gargote qui fait un peu attention à eux.

Vlad et Maria s'esbignèrent dignement et le petit gros se mit à licher son pinard en rigolant.

— T'as raison, Gérard. Faut bien que quelqu'un pense au petit commerce dans ce monde sans idéal. Gabriel est sans doute en train de bricoler son zinc. Peut-être même qu'il apprend à le piloter. T'imagines un Polikarpov I-16 rasant Ledru-Rollin à fond de tuyères ?

— Gabriel se fout de piloter, s'emporta Gérard. Son zinc est une abstraction, une manière de vivre dans un monde invivable. C'est comme le rocher du mythe décisif. Un truc qu'il faut se coltiner sans arrêt pour oublier que c'est toujours les autres qui font les lois à notre place.

— Comme les pieds de porc à la Sainte-Scolasse, la tête de veau gribiche et les tripes à la niçoise, Gérard. Tu trouves la vis qui va dans le bon écrou et tu te dis que le monde n'est pas encore tout à fait dingue.

La voix du nouvel arrivant fit sursauter tout le bistrot. Gérard faillit laisser tomber son verre, le petit gros en profita pour remplir le sien et Vlad installa un sourire repu sur sa face de vampire transylvanien.

— Le mythe de Sisyphe, Gérard, poursuivit le nouveau venu en marchant sur le bar comme un Touareg sur le seul point d'eau du désert. Il est peut-être décisif mais il reste celui de Sisyphe.

— Le Poulpe ! fit simplement Maria du fond de la cuisine où elle déglaçait une tranche de foie de veau à grands traits de vinaigre de xérès.

— Y avait pas de cartes postales dans ton bled ? ronchonna

Gérard avec le sourire de l'amputé qui vient d'apprendre qu'on s'était juste trompé de malade.

— Si, mais j'avais plus de ronds pour les timbres.

Gabriel balança un paquet de photos sur le bar. Il posa ses deux grands bras sur le comptoir, on aurait dit un poulpe s'emparant de la coque d'un clipper, et se hissa sur un tabouret.

— Une bière, patron. Je me sens de taille pour une Eku Culminator.

Il regarda autour de lui en souriant paisiblement. Il avait le sentiment d'être enfin rentré chez lui. A vrai dire, ce rade du XIe était le seul endroit au monde qui pouvait lui donner l'impression d'être chez lui. Il était né dans le quartier et tout en professant le plus parfait mépris pour tous les corniauds qui se disent de quelque part tout en acceptant de n'être personne, il considérait que la zone délimitée par l'avenue Ledru-Rollin, la rue de Charonne et la place Léon-Blum était un coin de l'univers qu'il pouvait raisonnablement revendiquer pour sien. Mieux, il acceptait cette étrange fatalité qui le poussait à ferrailler l'arrogance de tous les pouvoirs de la terre que parce qu'il savait retrouver dans ce coin de Paris la sérénité de son enfance. Au beau milieu de cette *Terra cognita,* se trouvait le bistrot de Gérard et de Maria. Haut lieu de la gastronomie parisienne, temple de l'accommodation des abats, le café-restaurant Au Pied de Porc à la Sainte-Scolasse était surtout pour lui un endroit où le monde récupérait la logique simple et indiscutable d'un slogan anarchiste. Entre deux aventures insensées, il venait jouir de ces longues conversations de bistrot où l'on refaisait le monde en partant des données toutes simples du bonheur. Le troquet de Gérard et Maria était doué de ce pouvoir étonnant qui fait fuir les fascistes et les fâcheux comme si l'intolérance et la bêtise assassine ne pouvaient s'accrocher en des lieux où les idées poussaient et se fanaient à toute allure sous l'unique soleil d'un a priori humaniste et bienveillant. Gabriel se considérait comme un être libre, malléable et contemporain. Il croyait ne croire en rien mais il trouvait sans cesse des motifs pour alimenter une colère viscérale qui, convenablement orientée, lui fournissait toujours de nouvelles raisons d'espérer. Ennemi de l'analyse et de toutes ratiocinations visant à jeter le trouble sur un postulat libertaire franchement basique — les hommes naissent libres et c'est après qu'on commence à les faire chier —, il trouvait chez Gérard et Maria les raisons saines et simples de chacune de ses croisades.

Gabriel sirota sa bière en regardant les autres clients. Pour une fois, l'assistance était pauvre en radoteurs glorieux. La majeure partie des consommateurs était constituée de Parisiens chichiteux venus goûter la cuisine des patrons qu'un guide gastronomique avait récemment propulsée au pinacle des *petits-restos-authentiques-et-pas-chers*. Gérard ronchonnait en crachant dans la soupe mais Maria rigolait en faisant les comptes et se réjouissait secrètement de faire la pige à tous les gommeux qui frimaient en toque blanche et qui causaient de la bouffe avec des métaphores d'artistes conceptuels. Le petit gros en costard lui faisait de l'œil derrière son verre de pinard. Un habitué, celui-là. Gabriel savait qu'il était chef comptable de la boîte de location de matériel et costumes pour le cinéma qui occupait déjà un local rue Basfroi quand il n'était encore qu'un merdeux du quartier.

— Content de te voir, Louis, fit-il en levant son verre. Comment va l'industrie du spectacle ?

— Elle boit sur le compte du petit commerce, intervint Gérard d'un ton joyeux. Qu'elle continue puisqu'il paraît que le crédit est le moteur du capitalisme.

— Le taulier voit la vie en rose depuis que t'es revenu, rigola le petit gros. C'est déjà une raison de se réjouir de ton retour, Gabriel. J'en ai une autre mais elle peut attendre. Qu'est-ce qui t'a tenu éloigné si longtemps de notre petite communauté ?

Gabriel sourit sans répondre. La question était du reste de pure forme. Il apparaissait et disparaissait sans explications ni commentaires. C'était comme ça. Les autres imaginaient ce qu'ils voulaient et Gabriel laissait fleurir les hypothèses les plus démentes. Orphelin depuis l'âge de cinq ans, élevé par un oncle et une tante fanatiquement discrets, il n'avait jamais eu l'habitude de rendre compte de ses faits et gestes.

— De quoi je me mêle ? coupa Gérard. Il est juste parti chercher des pièces pour son zinc. Pas vrai, le Poulpe ?

Gabriel acquiesça en silence. C'était du reste assez près de la vérité. Sa dernière expédition lui avait rapporté assez pour qu'il puisse faire un détour par Londres d'où il avait ramené une culasse pour le gros M-22 à neuf cylindres en étoile de chez Bristol. Il avait maintenant toutes les pièces du moteur et se pourléchait les babines à l'idée de remettre les mains dans le cambouis.

— Bien vu, fiston, fit Louis. Un avion héros de la guerre antifasciste, ils vont pas s'en remettre au Bourget. Tâche juste de ne pas tomber sur un flingueur nostalgique. Un cinglé de la Division Charlemagne qu'aurait gardé une vieille batterie D.C.A.

— Ouais, ricana Gérard. Fais gaffe aussi aux panzers en sortant. Tu veux pas mettre un peu de solide dans ton sac à gnôle, Louis ? J'aime bien entendre des conneries mais là, je fatigue un peu.

— Tu devrais dire ça au mec qui a foutu son chalutier sur une mine dans la baie de Lorient. C'est dans le journal de ce matin.

Gabriel sentit un frisson lui remonter le long de la colonne vertébrale. Il attrapa le canard avant que Gérard ne le fasse. L'info était noyée dans le bla-bla habituel des pisseurs de copie mais elle était bien là. Un pêcheur du Morbihan avait vu une mine à l'avant de son chalut. Il avait eu le réflexe de se jeter à la baille mais le bateau avait quand même sauté en plein milieu de la baie de Lorient. Le gars avait fini la guerre sur une vedette de la Royale et il avait passé un an à ratisser la flotte pour débusquer ces saloperies. Tout le monde, y compris le journaleux, se foutait de sa gueule mais le gars n'en démordait pas : il avait vu assez de mines dans sa jeunesse pour savoir en reconnaître une quarante-cinq ans après et c'était bien une de ces saloperies nazies qui avait vaporisé son barlu.

Gérard s'empara rageusement du journal. Il débusqua ses lunettes et scanna rapidement l'article.

— Savent plus quoi inventer pour faire vendre leurs canards. Un poivrot laisse le gaz allumé sur sa barcasse et ils te vendent ça comme une bataille navale. La prochaine fois que j'emplafonne ma caisse, je dirai que je suis rentré dans un sous-marin.

Il coula un regard en biais vers Gabriel.

— T'es d'accord avec moi ce coup-ci, hein ? On va quand même pas s'engueuler pour un accès de delirium.

Le Poulpe relut lentement l'article. Il était illustré par une photo en pied du pêcheur et Gabriel ne voyait aucun des stigmates habituels de l'alcool dans le regard qui fixait fermement l'objectif. Le type se tenait campé sur ses jambes écartées comme quelqu'un qui a passé sa vie à rester debout sur la pire des houles. Un balèze. Et même un sacré balèze qui avait réussi à gagner la côte en nageant tout habillé dans une flotte à la température d'un muscadet sortant du frigo.

— O.K., il est costaud. Fut un temps où je passais mes vacances en Bretagne. Des lascars dans son genre, j'en voyais tous les jours. Des bêtes capables d'étaler quatre grammes sans broncher.

— Ouais. Soixante-cinq balais dont cinquante-cinq passés sur le pont d'un rafiot. Pas le genre à oublier de fermer le gaz.

— Suffit d'une fois. T'as trop foi dans l'humain, Gabriel. Tu crois que les hommes sont tous bâtis comme toi. C'est ça ton problème.

— Et le tien c'est de regarder le monde du haut de ton bistrot. Il avait que son chalut, ce mec. On lui a fait sauter et il a droit à la considération des autres prolos. A priori, je le crois.

— Parce que t'es une pomme. Chacun a la vie qu'il mérite.

— Ah ouais ! Et quand chacun se fait exploser par un chacun plus salaud que lui, qu'est-ce qu'on fait ? On regarde le feu d'artifice en comptant les coups ?

— Putain, mais traite-moi de foireux pendant que tu y es. Tu te pointes après mille ans d'absence et tu fais chier pour une histoire de barcasse explosée. Je suis peut-être qu'un boutiquier mais je sais reconnaître une connerie quand j'en vois une pleine page.

Gérard empoigna son torchon et se mit à frotter férocement son comptoir.

— Tu cherches à le faire disparaître ? fit Louis en rigolant.

— Toi, ta gueule. Quand on picole à crédit, on fait pas chier le patron.

— Je t'ai gardé une entrecôte, le Poulpe, chantonna Maria.

Gabriel sourit. Il dévora son entrecôte en se laissant bercer par les bruits familiers du bistrot. Gérard faisait semblant de s'engueuler avec Louis. Maria chantait en espagnol un vieil air anarchiste et Vlad baladait sur l'ensemble son éternelle dégaine de réfugié politique. Léon, le chien du troquet, consentit même à décoller sa truffe du sol pour venir la fourrer, encore pleine de sciure et de bouts de mégots, dans l'entrejambe du Poulpe.

Quand Gabriel se décida à secouer sa carcasse, il était prêt à affronter les fantômes qui lui cavalaient sur les nerfs. Les autres avaient déjà compris et ils ne s'étaient pas offusqués de l'indifférence soudaine du Poulpe. Ils avaient joué leur rôle de potes en se contentant de guetter la bête du coin de l'œil. Le Poulpe était sur le départ. Aucun d'eux ne savait où il allait mais il y allait.

Gabriel se leva. Ses jambes tremblaient un peu et le plancher fit mine de lui sauter au visage. Il s'appuya contre la table et laissa se dissiper cette impression de creux qu'il connaissait si bien. Comme chaque fois, il avait peur. Comme chaque fois, il se rassura en pensant à ce que serait sa peur s'il avait la moindre idée de ce qui l'attendait vraiment.

— A bientôt le Poulpe... Que saint Jambon te protège...

La blague était rituelle et Gabriel y répondit par un sourire rituel.

Dehors, il s'étira en balançant ses grands bras vers le ciel. Il étouffa le rugissement qui montait dans sa gorge et s'éloigna d'un pas vif.

3 – Des Anglaises et de l'amour

Gabriel se pencha sur le moteur et ouvrit les gaz à fond. Le bicylindre ronronnait comme un matou repu, aucun bruit de mécanique contrariée ne troublait cet hymne à la puissance tranquille. Rassuré, il laissa l'aiguille du compteur retomber à 140 et se détendit jusqu'à se sentir en parfaite harmonie avec sa machine. Une Norton 750 Commando ne se conduisait pas comme n'importe quelle bécane. C'est une mécanique aussi précise que capricieuse et ceux qui n'ont jamais compris qu'on ne tire pas sur un moteur d'anglaise sans l'avoir chauffé sur une bonne cinquantaine de kilomètres sont tout simplement passés à côté du plaisir. Au nom de l'efficacité, ils se sont jetés sur la banale quincaillerie japonaise et, du même coup, ont condamné à mort les meilleurs fabricants de motos du monde. Le Poulpe rêvait parfois d'un coup fumant qui aurait chassé des routes d'Europe les hordes clinquantes de Yamaha, Honda, Kawa et autres Suzuki, pour restaurer le règne des motos anglaises. Un règne sévère et exigeant car, à l'époque, on ne devenait pas motard du jour au lendemain. Pour avoir le droit de chevaucher dignement une Triumph ou une Norton, il fallait en connaître les entrailles à fond. Il fallait être capable de diagnostiquer chacune des invraisemblables pannes, de tomber le moteur sur le bord de la route et, après avoir rangé les pièces sur un grand mouchoir blanc, de le remonter en laissant juste assez de jeu pour que la mécanique vive librement tout en éliminant les vibrations intempestives. Ceux, et le Poulpe en avait fait partie, qui s'étaient pliés à cette discipline avaient aussi connu l'ineffable bonheur du couple, cette magie mécanique qui, sur un moteur convenablement réglé, répartit harmonieusement la puissance quel que soit le régime. Obtenir de la puissance en faisant tourner le moulin plein pot est à la portée de n'importe quel constructeur, la conserver intacte à bas régime est en revanche la marque des grands. Les Anglais avaient poussé cet art jusqu'à frôler la perfection. Leurs motos étaient les seules à fournir aux junkies de la bécane cette claque qui vous shoote les reins dès qu'on ouvre les gaz. Dans le jargon des motards, ça s'appelait le coup de pied au cul et grimper sur une moto incapable de vous botter sérieusement le cul était à peu près aussi excitant que de mâchonner un buvard sans acide.

Gabriel sourit en engageant la Norton sur une bretelle de sortie de l'autoroute. Il avait quitté Paris à l'aube, profitant ainsi de l'air frais du petit matin qui, encore tout humide de rosée, fait si bien chanter les bécanes. Cinquante bornes de chauffe un peu chiante sur l'autoroute et la Norton était prête pour les longues courbes de la nationale. Une moto, c'est fait pour basculer de virage en virage et l'autoroute de l'Ouest était aussi sinueuse qu'une gamine de dix ans.

La Norton, c'était un petit cadeau de Gabriel au Poulpe. Une façon de se mettre au boulot en commençant par des vacances.

Ses préparatifs avaient été plus rapides que d'habitude. Plus rapides mais pas moins rudes. L'enchaînement de son retour et de son nouveau départ lui avait évité la routine fastidieuse du déménagement. Pas d'hôtel à quitter, pas de bagages à boucler. En revanche, l'épisode Cheryl avait été nettement plus raide.

Il avait déboulé dans le petit salon de la rue Popincourt en plein coup de feu. Cheryl l'avait reçu sans lâcher la tignasse d'une rombière qui changeait d'avis à chaque coup de ciseaux. Elle était à cran. Elle avait passé les quinze derniers jours sans la moindre nouvelle de son Poulpe et, une fois n'est pas coutume, se sentait d'humeur possessive et querelleuse. Gabriel aurait bien voulu entamer la scène de séparation mais comment annoncer à une femme qu'on repart avant d'être vraiment revenu ? Il s'embusqua dans un silence prudent, laissa Cheryl dévoiler en public des aspects carrément intimes de leur vie de couple et s'engouffra dans un break technique pour développer une métaphore bancale sur les sauteurs de trampolino qui n'atterrissent que pour mieux rebondir.

— Pas tout de suite, bien sûr. J'ai besoin d'un jour ou deux pour me préparer. J'ai juste pensé qu'il était plus honnête de te le dire tout de suite.

La réaction de Cheryl fut un modèle de sang-froid. Elle accepta la nouvelle comme une femme de soldat. Son discours fut d'un calme impressionnant et ce ne fut qu'en la voyant arracher les cheveux de la rombière que Gabriel comprit qu'elle luttait férocement contre l'envie de le foutre par la fenêtre. Les choses s'arrangèrent au lit et plus vite que prévu. La cliente avait jailli du fauteuil en hurlant qu'elle était ravie de sa coupe et qu'il fallait surtout ne plus toucher à rien.

Gabriel se fit culbuter au milieu des peluches et sous le regard rigolard de Marilyn Monroe. Il invita Cheryl au restaurant, dormit chez elle et ils refirent l'amour comme des adultes consentants qui ont le temps de faire les choses autrement que comme des chats de gouttière en rut. Plus tard, elle s'excusa de sa conduite. Elle ne savait pas ce qui lui avait pris, les nerfs sans doute, mais le contrat de base restait inchangé : de l'amitié, du sexe mais pas d'amour. Ni galères ni entraves, juste des potes qui se tripotent depuis la cour de récréation de l'école de la rue Saint-Bernard. Encore plus tard, il l'entendit pleurer dans la poche du père Kangourou. Gabriel détestait les peluches et il préféra mettre sa propre émotion sur le compte d'une allergie fulgurante.

Le lendemain, il avait bouclé son sac. Des fringues pour un printemps breton, un jeu de faux papiers parfaitement convaincants et un livre pour méditer pendant les heures creuses. Comme il s'apprêtait à mettre le cap vers l'ouest, il opta pour la sagesse orientale et les *Sublimes paroles et idioties de Nasr Eddin Hodja* dans la version recueillie et présentée par Jean-Louis Maunoury aux éditions Phébus lui parut être un choix à la fois judicieux et farceur.

4 – Des Anglaises et des armes

Restait les armes. Le Poulpe n'aimait pas les armes. Elevé par un oncle virtuose du bricolage, il aimait les outils et, bien qu'il fût souvent amené à se servir d'une arme, il n'avait jamais été tenté de la considérer comme un outil. A l'opposé, il avait un jour tué un homme avec un tournevis sans que son affection pour les tournevis s'en trouvât le moins du monde assombrie. De plus, chaque expédition du Poulpe était un saut dans l'inconnu. Il ne savait jamais rien de ce qu'il allait affronter et partir sans armes était aussi stupide que de partir chargé comme une section de bérets verts. L'expérience lui avait appris qu'un revolver de calibre 38 et un douze de chasse à pompe et à canon scié constituaient une puissance de feu tout à fait respectable. Au-delà, il fallait s'adapter au terrain et à la logistique de l'ennemi et tout devenait possible. Même l'usage d'un porte-avions.

Le Poulpe trouva Pedro devant une assiette de piperade et un litre de rosé catalan. Pedro et le père de Gabriel avaient fait la résistance dans le même maquis. Leur amitié était du genre inoxydable et elle dura jusqu'à la mort du couple Lecouvreur. Pedro pleura toutes les larmes de son corps, tint les cordons du poêle et quitta le cimetière en dernier. Après quoi, il reporta tout son amour sur Gabriel. Pedro était catalan, anarchiste, imprimeur et fasciné par tout ce qui avait trait à la clandestinité. Il avait fabriqué plus de papiers que la préfecture de police avant de se ranger des voitures et de consacrer son talent à un seul client, le Poulpe.

Gabriel refusa la portion de piperade que lui tendit Pedro. Le vieux mettait du piment rouge partout et il valait mieux ne pas se risquer à goûter sa cuisine sans une escadrille de canadairs à portée de main. Gabriel choisit un 38 Smith et Wesson et un fusil de chasse de chez Remington. Il prit une boîte de cartouches pour le 38, démonta les deux armes et en fit un colis qu'il s'expédia en poste restante à Lorient (Morbihan). C'est alors qu'il vit la Norton dans sa robe noire rehaussée de filets d'or. Il se mit à tourner nerveusement autour sous l'œil amusé de Pedro. La belle était la propriété exclusive d'un petit cousin de Pedro qui venait de filer précipitamment au Mexique après avoir tabassé le commissaire de police qui avait organisé le viol collectif de sa sœur. La gamine s'était fait coincer avec un bon petit tas de coke mais elle refusait de balancer ses potes. Le commissaire ressemblait maintenant à une portion de pot-au-feu et son avenir était au mieux purement végétal. En bref, le cousin de Pedro avait abandonné, sans le savoir, sa Norton aux mains expertes du Poulpe.

5 – De l'influence du mouvement des marées sur les poissons et les militaires

Gabriel s'arrêta à Hennebont sur le coup de midi. Il avait le dos en compote et l'âme au firmament. La Norton lui avait fait retrouver des sensations qu'il croyait basculées dans le grenier de ses souvenirs de jeunesse. La route n'était définitivement pas la même quand on la regardait du haut d'une bombe qui taillait son chemin à coups d'angles précis comme des entailles de scalpel. Il déjeuna d'un monceau d'huîtres, d'un banc de langoustines et d'un crabe dont les pinces auraient pu lui trancher les orteils d'un seul coup d'un seul. Il fit glisser le tout avec un bon demi-litre de bière blanche et se pencha sur la carte du coin. Le journal donnait Kerletu comme lieu de résidence du pêcheur et du bateau. Même en prenant pour postulat de base qu'un marin et son rafiot ne pouvaient qu'habiter au bord de la mer, Gabriel eut un mal fou à localiser le village. Kerletu était un petit point sur la carte, un bout de bled qui s'enfonçait dans l'Océan après s'être réfugié tout au bout d'une presqu'île pas beaucoup plus large que la cuisine de Maria.

Le soleil avait décidé de faire mentir la légende et il frimait dans un ciel bleu comme une carte postale. La lumière inondait le vert des pins, le blanc des maisons, le beige du sable et toutes les couleurs des bateaux qui s'exhibaient jusqu'au fondement, posés qu'ils étaient sur le fond d'un océan aussi sec qu'un arroyo navajo au mois d'août. Gabriel avait beau connaître la Bretagne, le spectacle d'une mer sans eau le laissait toujours un tantinet perplexe. Il avait certes entendu parler des marées mais ça n'expliquait pas ce qu'on faisait de toute cette flotte et des bestiaux qui vivaient dedans pendant que la boutique était fermée pour cause de sécheresse intermittente. Des gens bottés de caoutchouc marchaient sans s'en faire sur le plancher de Neptune. Ils avaient la tête baissée et grattaient le sable avec un air préoccupé. Gabriel se dit qu'ils cherchaient sans doute la bonde d'évacuation, histoire d'empêcher une bonne fois pour toutes l'Océan de se barrer chaque fois que la lune lui faisait de l'œil.

A Plouhinec, il s'engagea sur la route de Kerletu dans un état voisin de l'éblouissement. Tout était net comme si l'éternité avait choisi ce coin pour y établir une tête de pont. Les mouettes faisaient du surf sur les courants d'air en insultant copieusement tous les culs de plomb qu'elles croisaient et Gabriel se mit sérieusement à douter de son instinct. Comment ne pas croire à l'innocence dans un paysage dont la géométrie variable est façonnée par le ciel, le vent et l'Océan ?

L'accès à la presqu'île était flanqué d'une guérite de gendarme et d'un gros bâtiment gris qui faisait penser à la passerelle d'un vaisseau de guerre. Un panneau proclamait que le terrain ici était militaire et qu'il était interdit de se livrer aux activités nonchalantes des civils. Le Poulpe avait une horreur viscérale de l'uniforme. Les jours de mauvaise humeur aggravée, il était capable de les sentir avant même de les voir. Son radar demeura muet. La route traversait bien un parc à bidasses mais tout avait l'air aussi mort que les blockhaus aveugles, les hangars rouillés et les canons pittoresques à force d'être périmés qui parsemaient le décor comme les reliques d'une vieille guerre oubliée. Si ce terrain était militaire, il donnait de l'armée une image sans uniforme, une image si fantomatique qu'on avait envie de faire cesser la malédiction qui condamnait les canons à bander douloureusement jusqu'à la nuit des temps comme de vieux boucs frappés de priapisme. La route filait tout droit et juste au-dessus du niveau de la mer. A gauche, l'Océan qui menait aux Amériques. A droite, une petite flaque à peine plus grande qu'un lac de montagne que la marée vidait et remplissait par l'entrée d'un port fermé comme le pertuis d'une pucelle mais bien plus abrité des violences extérieures. Un chenal étroit et balisé sépare Gävres de la citadelle de Port-Louis dont les remparts élégamment mastoc portent la signature inimitable d'un architecte que l'histoire aura beaucoup de mal à oublier : Vauban lui-même. Un mur signé Vauban est un mur garanti pour longtemps.

Kerletu commence après le terrain militaire. Le village s'ouvre sur une énorme ancre posée au milieu de la route et sur un bistrot. Gabriel nota que la municipalité avait pris la précaution d'entourer l'ancre d'une clôture grillagée. Sans doute pour empêcher qu'on la pique. Il nota aussi que le bistrot était ouvert mais sans ostentation. Il béquilla la Norton en face de la terrasse et s'aventura dans une vaste salle sombre et totalement dépourvue du moindre consommateur. Un jeune type lisait une Série Noire derrière le bar.

— Vous êtes ouvert ? demanda Gabriel.

— Ça ne se voit pas ?

— Pas tellement, sourit le Poulpe. Qu'est-ce que vous avez comme bière ?

— A la pression, j'ai de la Jupiter et de la Kilkenny.

— De la rousse irlandaise ! s'extasia-t-il. Vous pouvez me servir ça en terrasse ?

Le type pouvait et Gabriel s'installa dehors. La rue était aussi vide que le troquet et Gabriel se demanda s'il n'était pas tombé au milieu d'une alerte antiatomique.

— Jolie machine, fit le bistrotier en posant la pinte de bière devant Gabriel.

— Ouais. Votre bled n'est pas mal non plus si on aime s'entendre penser. C'est toujours aussi animé ou je suis tombé en pleine heure de pointe ?

— Vous arrivez de Paris ?

— Oui, mais je suis de Bruxelles, fit le Poulpe en sortant l'une de ses fausses cartes de visite.

— Gabriel Van Pulpen, reporter, lut le type. Je m'appelle Yvon et je suis l'un des deux patrons de l'établissement. Je suppose que vous venez pour l'histoire de *La Belle Bretonne*.

— Un peu, oui. On dirait bien que je suis le premier.

Yvon sourit en haussant les épaules. Il fit demi-tour sans un mot et revint avec une pinte de bière rousse.

— Vous permettez ? fit-il en s'asseyant sans attendre la réponse. Vous êtes le seul et vous risquez de le rester longtemps. Ça fait un moment que la presse française ne s'intéresse plus au sort des bateaux de pêche bretons.

— Même quand ils sautent sur une mine de la Kriegsmarine ?

— Le correspondant local de *Ouest-France* s'est déplacé et tout ce qu'il a trouvé à écrire c'est que le vieux Job devait être chichté comme une vache.

— J'ai lu l'article. Vous y croyez, vous, à cette histoire de mine ?

— Si Job dit qu'il a vu une mine, c'est qu'il a vu une mine. Si vous faites le tour de Kerletu vous verrez que les Boches avaient mis le paquet pour salement piéger le coin. Des types comme Job ont mis des années pour virer toutes les saloperies que les Schleus avaient planquées dans l'eau et sous la terre. Les mines, ils connaissent.

— Ils connaissent aussi le pinard si j'en crois les statistiques officielles.

Yvon haussa les épaules.

— Conneries. Les pêcheurs picolent à terre, jamais en mer. De toute façon, Job est capable de rentrer sa barque en marche arrière et les yeux fermés. C'est pas des trucs qu'un terrien peut comprendre.

— On peut le voir ?

— Job ? Il est toute la journée à mâcher sa chique sur la grande cale. Vous prenez à gauche et vous marchez jusqu'au bout du quai. Je vous conseille quand même de faire gaffe à ce que vous dites. Il est plutôt d'humeur à foutre les journaleux à la baille, le père Job.

— Je le comprends, sourit Gabriel. J'affronterai la bête dès que j'aurai pris une douche. A la vôtre.

6 – Porh Guerh. Popeye et Mary-Lou

« Pas d'hôtel à Kerletu », avait dit Yvon. « Pas de restaurant non plus, d'ailleurs. Si vous voulez rester ici, va falloir vous dégotter une chambre chez l'habitant mais ça va pas être commode vu que la saison ne commence que dans deux mois. » Il avait quand même donné au Poulpe l'adresse d'un type à l'autre bout du village. « Vous roulez jusqu'à l'église et vous tournez à gauche. Quand vous pourrez plus aller plus loin sans vous mouiller les pieds, vous serez à Porh Guerh et vous demanderez après Jean-Marie Le Goff. Si votre tête lui déplaît pas trop, il pourra peut-être faire quelque chose pour vous. »

Gabriel avait donc traversé le village en roulant sur la pointe des pots. Six cent cinquante mètres au compteur de la Norton, une rue bordée de petites maisons blanches, deux bonnes femmes en vélo et un poivrot en vareuse rouille et casquette bleue qui naviguait d'un bord à l'autre de la route en crachant du jus de chique. L'église, construite en moellons de granit, était nichée dans un enclos de verdure délimité par un muret. Elle était si discrète que Gabriel se dit que si Dieu existait, c'était sûrement là qu'il venait en vacances chaque fois que les empourprés de la place Saint-

Pierre le faisaient trop chier. Il engagea la Norton dans un dédale de petites bicoques alignées comme un cauchemar d'urbaniste et se laissa glisser jusqu'à l'Océan.

Pendant tout le chemin qui l'avait conduit de Hennebont à Kerletu, Gabriel n'avait cessé d'être émerveillé par la beauté, l'étrangeté et la douceur d'un paysage qui, et il en avait eu confusément la certitude, le menait vers une surprise, une sorte de clou d'un spectacle orchestré par une divinité païenne et farceuse. En contemplant l'Océan depuis Porh Guerh, il sut qu'il était arrivé au bout du monde et que sa rage de traquer l'injustice avec une constance un peu loufoque avait fini par le mener jusqu'à l'éternité. Il coupa le moteur de la Commando et, sans même penser à en descendre, il mata à s'en faire éclater les pupilles. A sa gauche, la plage s'étendait à perte de vue en suivant une immense courbe qui bordait la route qu'il avait suivie tout à l'heure et qui rejoignait l'horizon. A sa droite, des amas de granit poli par le vent et le sable. En face, une petite cale d'où partaient les amarres enguirlandées d'algues vertes des canots échoués qui, multicolores et immobiles, attendaient le retour de l'eau. Partout, une géographie de rochers humides et couverts de goémons survolés en rase-mottes par des mouettes criardes. Au large, l'Océan prenait tout son temps.

— Vous apprenez le coin par cœur ?

La voix fit sursauter Gabriel. Un peu gêné de s'être laissé surprendre, il descendit de bécane et sourit au bonhomme qui s'était approché de lui sans faire le moindre bruit.

— J'essaie mais c'est pas facile.

— C'est pourtant le bon moment. La marée est étale, rien ne bouge. Dès qu'elle monte ou qu'elle descend, tout se met à changer tout le temps.

Si ce type avait débarqué sans prévenir dans le troquet de Gérard et Maria, Gabriel l'aurait immédiatement rangé dans la rubrique loup de mer. Il avait le regard bleu et plissé des gens habitués à mater le soleil en face et tout ce qu'une barbe drue, courte et grise, laissait voir de son visage était tanné par des années de vie au grand large. Il parlait la clope au bec et tordait la bouche à la manière de Popeye. Il était mince, pas très grand, mais le Poulpe avait suffisamment rencontré de gars dans son genre pour savoir qu'ils étaient capables de bouger vite, très vite. Il était torse nu sous une vareuse délavée et, au bout d'une paire de jeans effilochés, ses pieds nus avaient l'air d'étreindre le bitume.

— Je cherche Jean-Marie Le Goff, fit Gabriel avec un sourire détendu.

— Vous l'avez trouvé. Yvon vient de me téléphoner. Il paraît que vous êtes venu de Belgique pour causer au père Job.

— C'est à peu près ça. Je cherche aussi un endroit pour poser mon sac. Yvon m'a dit que vous pourriez bien avoir ça.

— C'est possible mais c'est pas sûr. Il est pas causant, le Job. En une heure vous aurez fait le tour du problème. Pas besoin de poser votre sac pour ça.

Le Poulpe sentit la méfiance poindre derrière le sourire de Le Goff. Depuis son arrivée à Kerletu, il avait compris que la taille du bled ne lui laissait aucune chance de se fondre dans les masses. Il allait devoir travailler au grand jour et, pour ça, il fallait qu'il accepte de se découvrir un minimum.

— J'ai vu la photo de Job dans le journal et je me suis dit que ce type disait la vérité. Maintenant, j'en suis sûr et j'ai envie de le prouver. Ça peut prendre un peu de temps.

— Je crois qu'on ferait mieux de discuter de ça devant une bière.

Le Goff fit demi-tour et se dirigea vers une grosse maison plantée au fond d'un jardin entouré d'un mur de pierre. Une grande terrasse s'étendait sur toute la longueur de la bâtisse. Au-dessus de la porte d'entrée, un panneau aux lettres délavées portait l'inscription « Café du Porh Guerh ».

— C'était bien un bistrot, expliqua Le Goff sans que Gabriel lui ait rien demandé. Un sacré bistrot même. Moi et mes deux fils, on en avait fait le seul endroit où les jeunes pouvaient un peu s'amuser pendant la saison. Mais les vieux cons du coin n'aiment pas qu'on rigole. Ça les empêche de rêver à leur place au cimetière. J'en ai tellement eu marre de voir la camionnette des gendarmes débouler tous les soirs devant ma porte que j'ai fermé pour de bon.

Gabriel le suivit dans une immense salle de troquet vaguement reconvertie en salon. Un vieux juke-box voisinait avec une télé devant deux canapés en angle. Dans un des canapés, une femme étrange tricotait. Elle était vêtue d'une grande robe mauve qui cachait tant bien que mal son embonpoint et ce n'est qu'en voyant ses yeux verts étinceler de jeunesse et de malice dans son visage un peu trop rond et un peu trop rouge que Gabriel reconnut les effets de la cortisone.

— C'est le journaliste belge qui cherche à se loger, expliqua Le Goff.

— Gabriel Van Pulpen, se présenta le Poulpe, fasciné par

ce regard d'émeraude. Je suis vraiment désolé de débarquer comme ça…

— Tout le monde m'appelle Mary-Lou, fit-elle en lui tendant la main. Yvon nous a téléphoné. Il était tout excité par votre arrivée. Asseyez-vous et racontez-moi ce que vous êtes venu faire dans le plus beau des trous perdus du monde.

La voix avait des intonations de flûte et Gabriel eut l'impression d'être un serpent sous le charme d'un fakir. Il se posa en face de Mary-Lou, juste dans le faisceau de ses yeux.

— Non. Je veux d'abord en savoir plus sur ce morceau de paradis. Comment avez-vous fait pour le garder intact ? Parlez-moi de cet étrange terrain militaire désaffecté. On dirait un mémorial de toutes les absurdités de la guerre.

— Le Polygone n'est pas désaffecté. C'est un terrain de tir de l'armée et c'est lui qui protège Kerletu des furoncles qui poussent sur le reste de la côte.

— C'est même là qu'on a testé l'Exocet qu'on a vendu aux Argentins, intervint Le Goff en tendant une canette de Kro au Poulpe. Et un vaisseau amiral english par le fond, un. J'aime pas les militaires mais j'aime encore moins ces fumiers de rosbif, nom de Dieu !

— Mais j'ai vu personne en passant. Rien que des hangars rouillés, une carcasse d'hélicoptère et trois vieux canons déglingués.

— On ne voit rien du reste, sourit Mary-Lou. Il y a pourtant un arsenal bien gardé qui emploie encore des civils du village. Quand l'armée veut faire des tirs, elle passe une annonce dans le journal et la route est coupée.

— Il y a cinq ans ces connards se sont même gourés. Je ne sais pas trop ce qu'ils visaient mais un obus est tombé sur Quiberon. Heureusement que l'obus était aussi foireux que le tireur et qu'il a oublié de faire sauter un morceau de la Côte sauvage… Je vous dis pas la rogne du maire de Quiberon. On l'entendait gueuler d'ici.

— Vous êtes sûr que c'est pas l'armée qui a semé la mine du père Job ?

— Sûr et certain, affirma Le Goff. Ils ne foutent jamais les pieds dans la baie de Lorient. Et puis Job a eu le temps de voir l'engin avant de sauter. C'était bien une de ces boules à pointes qu'utilisaient les Boches.

Le Poulpe perdit la notion du temps en écoutant Jean-Marie et Mary-Lou raconter l'histoire de Kerletu. Le village avait été prospère jusqu'à la fin des années soixante. Sa flottille de pêche avait compté plus de cent bateaux. Des sardiniers pour la plupart. Kerletu avait même possédé sa propre usine de conserves. « Plus de vingt-deux bistrots pour neuf cents habitants et tous faisaient leur beurre », se souvint Jean-Marie. « On en chiait comme des Russes mais le pognon rentrait et les coques des bateaux étaient repeintes chaque année. » Et puis la sardine bretonne devint de moins en moins rentable. Les coques des pinasses se mirent à s'écailler. Les jeunes s'embarquèrent sur des chaluts de Port-Louis et Lorient qui partaient pour des campagnes de plus en plus longues et difficiles. Le poisson se fit rare et le village se vida. Le Poulpe avait l'impression d'entendre l'histoire de tous les largués du monde. Ceux qui payent le prix fort et qui finissent par se retrouver sur le sable pendant que les gros malins, ceux qui ont les moyens de sentir tourner le vent, mettaient leur pognon ailleurs.

— Job était un des derniers pêcheurs de Kerletu, fit Jean-Marie tristement. Il faisait de la sole, du rouget, du lieu, et il vendait sa pêche aux poissonneries du coin. Il posait des casiers à crabes et à crevettes et s'en sortait comme un chef. Il n'était pas riche. Il vivait bien en faisant le métier qu'il aimait. Maintenant, il crache sa chique dans les eaux du chenal et compte les jours qui lui restent avant de couler au fond.

Le Poulpe, les esgourdes en éventail et les synapses en alerte, écoutait et posait des questions. En vain. Quand Jean-Marie se leva pour lui montrer sa chambre, il ne voyait toujours pas pourquoi quelqu'un avait pris la peine de glisser une mine sous la coque d'un vieux rafiot démodé.

7 – Où le Poulpe trouve un abri et la preuve de la rotondité de la terre

La chambre était en fait une ravissante petite maison de pêcheur du Porh Guerh, juste en face de celle des Le Goff.

— C'est à des potes d'enfance. Ils habitent Paris mais leurs grands-parents venaient déjà à Kerletu dans les années trente. C'est petit mais il y a tout le confort. Vous pourrez faire votre frichti et mettre vos bières au frais.

Le Poulpe gara sa bécane devant la maison et trimballa ses sacoches à l'intérieur. C'était effectivement petit mais il s'y sentit tout de suite chez lui. Les proprios avaient exploité la place au maximum. Cuisine équipée, cheminée, canapé, chiottes et douche dans la pièce du bas. Deux grands lits séparés par une cloison dans celle du haut. Le Poulpe alluma un feu d'enfer avant de prendre une longue douche. Il se sécha devant la cheminée et jeta à tout hasard un coup d'œil dans le frigo. On n'y avait pas laissé de bouffe mais le compartiment du bas était plein de boîtes de bière. Il fit sauter la capsule d'une Heineken, porta un toast silencieux à ses hôtes inconnus et se plongea dans les *Sublimes paroles et idioties de Nasr Eddin Hodja* qu'il ouvrit au hasard.

Rentrant fort tard de la maison de thé, Nasr Eddin laisse tomber, devant le seuil de sa maison, l'anneau qu'il porte au doigt.

Aussitôt l'ami qui l'accompagne s'accroupit pour chercher à tâtons. Nasr Eddin, lui, retourne au milieu de la rue qu'éclaire un splendide clair de lune.

— Que vas-tu faire là-bas, Nasr Eddin? C'est ici que ta bague est tombée!

— Fais à ta guise, répond le Hodja. Moi, je préfère chercher où il y a de la lumière.

Gabriel ne chercha pas plus loin. Il y avait tant de profondeur dans cette histoire qu'il ne douta pas qu'elle puisse l'éclairer. Il sirota sa bière en laissant son regard flotter sur les flammes. Bien qu'il fût plus de sept heures, le jour ne se décidait pas à se tirer. Le Poulpe était tout près d'attribuer ce prodige à la magie du lieu quand il se souvint qu'il avait roulé plein ouest en direction du soleil couchant. Il avait donc suivi la lumière du jour, gagnant ainsi un rab de clarté sur ses potes du XIe. Cette preuve de l'indiscutable rotondité de la terre unie à ses réflexions sur la parabole du Hodja le plongea dans une intense perplexité. Ce n'était peut-être pas sous la coque de *La Belle Bretonne* qu'il fallait chercher les raisons de la présence de la mine. Et si le rafiot de Job avait sauté par hasard sur un piège qui ne lui était pas destiné? La vérité pouvait tout à fait se trouver dans la lumière occultée par l'ombre du fait.

Les pensées du Poulpe furent interrompues par le bruit d'un moteur de bécane. Une grosse, se dit-il en se levant d'un bond. Il se dirigea vers une des fenêtres quand on frappa à la porte. Il avait déjà commencé à ouvrir lorsqu'une forte poussée sur le vantail le fit reculer de deux mètres. Un mastard en blouson de cuir entra dans la pièce et s'excusa juste avant que le pied droit du Poulpe ne lui percutât la rotule.

— Merde, je croyais que c'était Patrick qui...
— C'est pas lui, fit le Poulpe en se redressant. C'est Gabriel Van Pulpen et vous avez bien failli vous cogner sur lui.
— Je vois ça. J'ai vu la bécane devant la maison et j'ai cru que Patrick avait débarqué.
— Il a une Norton ? s'enquit poliment Gabriel.
— Non, mais s'il en trouve une il est bien capable de faire l'aller-retour Paris-Kerletu pour l'essayer.
Le mastard avait une bonne gueule de terreur sympathique. Il était sapé comme un biker ricain, portait des rouflaquettes larges comme des côtes de porc et une moustache dont les deux crocs descendaient jusqu'au menton.
— Je le comprends tout à fait. Le Patrick en question doit être le proprio de la maison, je suppose.
— Il la partage avec sa sœur Brigitte mais elle ne roule pas en moto. Qu'est-ce que vous foutez là, au fait ?
— J'avais besoin d'une chambre et Le Goff m'a proposé cette maison.
Le mastard sourit jusqu'aux molaires. Son monde redevenait limpide et il avait l'air d'aimer ça.
— Pas de lézard, fit-il en tendant son battoir droit au Poulpe. Je suis votre voisin d'en face. Vous pouvez m'appeler Loulou.
Ils se broyèrent mutuellement les pognes en souriant.
— Une bière ? proposa Gabriel.
— Pourquoi pas ? C'est une 750, non ?
— Si. Je vous ai entendu arriver. Un bruit de BM, non ?
— 1000 R.T. J'ai presque honte de l'avoir garée à côté de la vôtre.
— Vous êtes bien aimable. Je suis content de voir que ce village est habité, finalement. Je suis là depuis quatre heures et j'ai quand même vu sept personnes.
Loulou éclata de rire.
— Pas mal pour un vendredi hors saison. Si vous aimez le blues et la bière, vous avez des chances de décupler votre record.
— Soixante-dix personnes d'un coup ? fit le Poulpe d'un air incrédule. Vous me faites marcher.
— Soyez prêt à neuf heures et vous verrez.
Il sécha sa bière avant de disparaître dans le soir qui s'était décidé à tomber.
Gabriel fit un tour jusqu'à la mer. Elle était revenue et on ne voyait plus qu'elle. Les canots dansaient joyeusement en

tirant sur leurs amarres. Deux vieux, assis sur un banc, commentaient gravement la situation. Un grand chien noir et blanc traversa la rue d'un air affairé. La foule, pensa le Poulpe en revenant chez lui.

Il s'aperçut qu'il crevait de faim, songea au frigo plein de bières, se dit qu'on ne pouvait tout avoir et repéra le paquet qu'on avait posé sur le rebord de sa fenêtre. Du pain, du beurre, des œufs et une tranche de jambon.

— Ce pays est trop beau, dit-il aux œufs qui jacassaient dans la poêle. C'est sûrement pour ça qu'on lui veut du mal. »

8 – Où le Poulpe évite une bagarre et rencontre Job

Loulou présenta sa femme au Poulpe. Elle s'appelait Soizic et son corps était une ode à la ligne courbe. Elle rigolait encore de la rencontre entre les deux mecs et Gabriel se dit que c'était un rire tout à fait digne de cascader entre les murs du Pied de Porc à la Sainte-Scolasse.

— On prend les bécanes? demanda-t-il en voyant les casques.

— Pourquoi pas? Si on se fait chier, on pourra toujours pousser jusqu'au Key Largo.

Le Poulpe renonça à poser des questions sur le Key Largo. Ces dingues étaient bien capables d'avoir invité Bacall et Bogart pour le seul plaisir de l'étonner un peu plus.

Ils roulèrent jusqu'au Bar des Sables et cette fois le troquet d'Yvon était éclairé comme un arbre de Noël. La salle était déjà bourrée de monde et de fumée et l'accès au bar rappela au Poulpe son passé de deuxième ligne dans l'équipe du PUC. Dans le fond de la salle, cinq gamins chevelus se donnaient mutuellement un *la* approximatif.

— On dirait que vous vous êtes fait des potes, fit Yvon en tirant des bières à pleins bras. Vous avez vu Job?

Gabriel fit signe que non.

— Vous connaissez Job? demanda Loulou d'un ton un tantinet soupçonneux.

— Et si on se tutoyait? fit Gabriel pour gagner du temps.

— Tu connais Job? insista Loulou avec une obstination toute bretonne.

Le Poulpe n'avait pas eu le temps de parler à Loulou et le

bistrot d'Yvon un soir de pointe lui semblait le pire endroit pour le faire.

Il ouvrit la bouche mais l'orchestre décida d'abréger les préparatifs et se lança rageusement dans une version musclée de *Sweet Home Chicago*. Le Poulpe avait entendu pire dans les garages de banlieue où ses potes s'attaquaient férocement au béton à coups de riffs saturés de larsen. Il trouva même que le groupe manifestait un certain respect pour les standards qu'il aligna sans débander pendant une demi-heure. Les gens, eux, adoraient positivement. Ils sautaient joyeusement sur les pieds de leurs voisins et la poussière devint vite aussi épaisse que la fumée. Le silence chopa tout le monde à l'improviste et la voix de Loulou éclata comme un pet dans une église recueillie.

— Tu le connais, Job, oui ou merde ? ! ? !

Gabriel l'attrapa par le bras et fila vers la sortie. Il vit les deux Harley et, tout de suite après, les deux clowns déguisés en Hell's qui tournaient autour de la Norton en filant des coups de latte dans les pneus.

— Non, je le connais pas mais c'est pour lui que je suis venu, souffla-t-il à voix basse. Je t'expliquerai dès que j'en aurai fini avec ces guignols.

Il arriva juste à temps pour bloquer un méchant coup de botte destiné au feu arrière de la Commando. Le type eut l'air surpris et le Poulpe lui sourit gentiment.

— Excuse-moi, mon gars. J'ai cru que t'avais pas vu ma bécane.

De près, ils avaient l'air de sortir d'un remake albanais d'un film de Corman. Un petit gros et un grand maigre, deux cloches cradingues comme des fonds de bennes à ordures.

— T'as vu une bécane, Slim ? fit le petit gros.

— Que dalle, Fatty. C'est juste un tombereau de merde au milieu du chemin.

— Vous avez raison, les gars, rigola le Poulpe. On va quand même pas se fâcher pour un tombereau de merde.

Du coin de l'œil, il vit Loulou se rapprocher. Gabriel se demanda comment le mastard allait réagir. Leur sortie du bar avait pu passer inaperçue, pas une bagarre de rue. Les deux tocards étaient en train d'assimiler la situation. Le Poulpe les prit par les épaules et les poussa vers les Harley.

— Ça, c'est des bécanes, les gars. Pas des tombereaux de merde. Loulou, va donc chercher des bières pour mes potes.

Loulou rigola et fila vers le bar. Les deux clowns se regardaient en se demandant où ils avaient lâché le film.

— Tu serais pas en train de nous embrouiller, des fois ? fit Slim. Tu roules sur une putain de Commando et tu dis que c'est un putain de tombereau de merde.

— Ecoute-moi, mec. J'aime la baston autant que toi mais c'est pas le bon soir et c'est pas non plus le bon endroit. Dis-moi où je peux vous trouver et je te ferai bouffer tes dents avec plaisir. Mais pas ici. T'as pigé, mec ? Pas ici.

— Attends un peu, mec, grogna Fatty. Tu veux dire que t'es pas du coin.

— T'es en plein dedans, champion. Je viens juste d'arriver et j'aimerais bien y rester encore un peu, si tu vois ce que je veux dire.

— Merde, mec. Je te reçois cinq sur cinq. Arrêtez le carrelage, hein ? Arrêtez ce putain de carrelage.

— Cinq sur cinq, mec, renchérit Slim. On est toute la journée chez Joe Bike. C'est un troquet de Lorient. Tu peux pas le manquer.

Ils se levèrent comme un seul homme et, d'un seul coup de kick, ils arrachèrent leurs machines du secteur.

Le Poulpe soupira un grand coup. Personne n'avait rien remarqué.

— Ils sont où, tes potes ?

Loulou avait une pinte de rousse dans chaque main. Gabriel en sécha une d'un coup avant de répondre.

— Partis. J'ai réussi à leur faire croire que j'avais pas intérêt à me faire remarquer. Que je me planquais ici, quoi. Je leur ai filé de quoi se prendre pour des caïds jusqu'à la mort des rats.

— Ouais. C'est quoi cette histoire de Job ?

— Je suis reporter free-lance à Bruxelles. Je travaille aussi pour l'agence Reuter. J'ai entendu parler de cette histoire de mine et je me suis dit que ça valait le coup d'essayer d'en savoir plus. Un bon paquet de fric, une pincée de gloire et la satisfaction d'avoir coincé un beau salaud. Pour ça, vaut mieux éviter d'avoir sa tête dans le journal le lendemain de son arrivée.

— T'as une idée ?

— Pas la queue d'une.

— Tu veux voir Job ?

— Maintenant ?

— Pourquoi pas ? Je sais où il est et je suis la seule famille qui lui reste. Ma mère et la sienne étaient vaguement cousines.

— O.K.

— Reste là. Je vais prévenir Soizic.

Loulou trouva Job devant un canon de rouge au Bar de la Marine. Le Poulpe fit les cent pas sur la grande cale en attendant les deux hommes. Il repensa aux deux clowns. Fallait-il qu'ils aient le cerveau en compote pour confondre carnage et carrelage ? Arrêtez le carrelage ou vous allez passer un sale carreleur...

Job était bien le balèze qu'il avait vu en photo. Il marchait en roulant de droite à gauche pour compenser le roulis qui ne le quittait plus. Il serra la main du Poulpe et fit gicler un jet de salive brune à deux mètres sans même bouger les lèvres.

— Paraît que vous êtes un journaleux qui prend pas trop les gens pour des cons ?

— Je prends les cons pour des cons et je fais confiance aux autres, fit le Poulpe. Vous l'avez vue comment cette mine ?

— Un sacré coup de pot. Le jour venait de se lever et la mer était encore creuse du coup de noroît de la veille. La salope est montée dans une vague plus haute que les autres et je l'ai vue en transparence.

— Vous ne pouviez pas l'éviter ?

— Vous avez déjà tenu une barre ?

— Non.

— Alors vous pouvez pas comprendre.

— Je peux essayer.

— Quand vous tournez le volant d'une bagnole les roues s'accrochent sur une surface dure et se mettent tout de suite dans le sens que vous voulez. Quand vous tournez la barre d'un bateau le gouvernail force sur une sacrée masse de flotte et le bateau amorce une courbe beaucoup plus longue et lente. Ajoutez-y le vent qui peut pousser en sens contraire contre la coque et vous comprendrez que je pouvais éviter de toucher avec la proue sans être sûr de ne pas percuter du milieu ou de la poupe. Ça vous va ?

— Parfaitement. Vous suiviez votre route habituelle, ce jour-là ?

— Il n'y a qu'une route pour rentrer à Kerletu quand on vient du secteur de Groix.

— Pourquoi ?

— Parce qu'on est sûr d'avoir toujours de l'eau à courir et de la flotte sous la quille. Parce qu'on connaît tous les rochers, tous les feux, tous les amers. Parce qu'un bateau c'est pas un putain de 4 × 4 et qu'on s'amuse pas à couper à travers bois.

— Donc tous les bateaux suivant la même route auraient pu percuter la mine.

— Sûr. L'ennui c'est que je suis le seul Kerletien qui pêche encore au large.

— Il n'y a pas que des bateaux de pêche ?

— Des plaisanciers passent dans le coin en saison. Rarement à cette époque de l'année.

— Je vois. Une dernière question. Pensez-vous qu'il vous aurait été possible de passer sans toucher la mine ?

— Dame non. Celui qui a posé cette saloperie connaissait le coin comme moi. Il l'a collée en plein au milieu du chemin. Croyez-moi, ce salaud a bien calculé son coup. J'ai une question moi aussi.

— Allez-y.

— Qu'est ce que vous allez faire de tout ça ? Les flics s'en foutent, le public s'en fout, les Kerletiens s'en foutent et le gouvernement s'en contrefout. Je suis allé voir un gros avocat de Lorient. Il m'a pris mille balles et vous savez ce qu'il m'a dit ?

Le Poulpe avait une vague idée de la réponse mais il la garda pour lui.

— Il m'a dit que si j'avais sauté avec le bateau, les flics auraient peut-être fait quelque chose. Mais puisque je m'en étais sorti vivant...

Job ne prit pas la peine de finir sa phrase. Il se remit à chalouper et disparut dans la nuit.

9 – Un poulpe, un âne et une cigogne...

Le Poulpe dormit mal. Trop de bière et le sentiment d'attaquer l'escalade d'une paroi de glace avec des semelles en cuir. Il s'était réveillé au milieu de la nuit, avait ouvert le livre du Hodja au hasard et l'avait reposé, écœuré par ce qu'il avait lu :

Nasr Eddin était gros. Un jour qu'il voulait enfourcher son âne, il s'y prit maladroitement, et, basculant par-dessus le dos de l'animal, il se retrouva à terre de l'autre côté, les quatre fers en l'air, pour le plus grand amusement de tous.

— Vous riez bêtement, conclut le Hodja en se relevant péniblement. De toute façon, je devais bien redescendre...

Il s'habilla dès le petit matin et entreprit de faire le tour du village à pied. Il avait beau retourner le problème dans tous les sens, il ne voyait pas ce qui aurait pu pousser quiconque à poser une mine sur le passage du chalut du père Job. Le bateau ne valait pas un clou, ce qui excluait l'escroquerie à l'assurance. Le fait que Job soit le seul à pratiquer encore la pêche au large rendait l'hypothèse d'une vengeance par jalousie totalement absurde. Il restait la solution d'une guerre entre trafiquants, mais Loulou avait été formel : Job n'avait jamais quitté Kerletu, son train de vie n'avait jamais changé et son existence était aussi transparente que l'eau du port un jour de grand beau temps.

Gabriel enrageait. Il ne pouvait ôter de son esprit l'image de Nasr Eddin tombant de son âne mais il ne voyait pas comment rester en selle sans trouver les étriers.

Il arpenta les rues du village mais ce ne fut qu'en entamant son deuxième tour de piste qu'il remarqua qu'aucune des maisons de Kerletu n'était à vendre. Il refit le trajet en examinant soigneusement les façades sans voir le moindre panneau ni la moindre inscription manuscrite. Le Poulpe vit là quelque chose de bizarre. Le village était tout sauf prospère. La flottille de pêche avait disparu, les commerces se réduisaient à une petite supérette et à une boucherie qui n'ouvrait plus qu'en saison, ni hôtel ni restaurant, pas la queue d'une entreprise et quatre malheureux bistrots. Le Goff et sa femme avaient regretté l'exode qui frappait la population du village au profit des quelques estivants qui l'animaient un peu pendant la saison. Deux gros campings accueillaient les touristes en été mais Kerletu était loin d'être une station à la mode et il était difficile de croire que toutes les maisons abandonnées par leurs habitants avaient été achetées par des étrangers.

Gabriel revint vers Porh Guerh et s'arrêta à la supérette.

— Je cherche une maison à vendre, dit-il à la bonne femme qui faisait le compte du stock de bière et de nourriture qu'il venait d'acheter. Quelque chose de pas trop cher. Juste pour une famille de quatre personnes.

— Il va falloir attendre, mon pauvre monsieur. La dernière est partie il y a un mois. C'était celle du vieux Padelec et elle s'est vendue avant que le notaire de Port-Louis ait eu le temps de poser le panneau.

— Ah bon, fit le Poulpe d'un air détaché. Et vous savez qui l'a achetée ?

— Dame non, mon pauvre. Sûrement un Parisien ou quelqu'un de Lorient. Pas un Kerletien, en tout cas. Les gens du village n'achètent plus rien, ils vendent.

Gabriel rangea ses provisions et traversa la rue pour frapper à la porte des Le Goff. C'est Mary-Lou qui vint lui ouvrir. Elle avait ce sourire apaisant des gens qui ont appris à souffrir et qui se gardent bien d'ennuyer les autres avec ça.

— Je voulais vous remercier pour le repas d'hier soir, fit le Poulpe en lui tendant un sac contenant des œufs et du jambon. Je serais mort de faim sans votre gentillesse.

Mary-Lou fit mine de refuser les provisions mais Gabriel fut aimablement intraitable.

— Je me connais, dit-il. J'oublierai sûrement encore d'aller aux courses. Si je ne paye pas mes dettes, je n'oserai pas venir vous taper et je crèverai de faim pour de bon.

— Je viens de faire du café. Ça vous dit ?

Gabriel suivit Mary-Lou dans la cuisine. Au-dessus de la table, une grande carte marine de la rade de Lorient était punaisée sur le mur. Gabriel s'approcha, fasciné par la quantité de petites îles, de rochers et de balises qui encombraient l'accès à la rade.

— Pas facile de se diriger là-dedans, siffla-t-il. Surtout de nuit.

— C'est un métier, sourit Mary-Lou. Jean-Marie, Job et quelques autres sont encore capables d'y passer les yeux fermés. Mais ils sont plus très nombreux, vu qu'il y a plus de bateaux qui relâchent au port de Kerletu.

— Il reste encore quelques pêcheurs, quand même ? demanda le Poulpe d'un air innocent.

— Ils sont basés à Port-Louis. Mais la route est beaucoup plus facile. Regardez.

Gabriel suivit le doigt de Mary-Lou.

— Pour Port-Louis, il suffit de filer tout droit dans la passe de l'Ouest et de virer tribord après la citadelle. Il y a de l'eau et la route est claire. Pour entrer à Kerletu, faut naviguer entre toutes ces petites îles et c'est pas de la tarte.

C'est le moins qu'on puisse dire, se dit le Poulpe en découvrant la poussière d'îles et de rochers qui bouchaient l'entrée du chenal.

— Je suppose que c'est là qu'on a posé la mine, fit-il en

mettant le doigt sur un rond rouge tracé au feutre sur la carte entre le rocher du Cabon et l'île aux Souris.

— C'est bien là...

Mary-Lou regarda la marque comme si elle la voyait pour la première fois.

— ... Jean-Marie a dû marquer le coin après l'accident.

— L'attentat, rectifia Gabriel.

— Oui, l'attentat... Votre café est servi, monsieur. Prenez-le pendant qu'il est chaud.

— Appelez-moi Gabriel. Nous sommes voisins, après tout. Il y a un truc que je comprends mal. Regardez. Le passage est beaucoup plus large entre les Sœurs et le Cabon qu'entre le Cabon et l'île aux Souris. Pourquoi les bateaux ne passent pas par là ?

Mary-Lou haussa les épaules.

— Vous m'en demandez trop. Faut demander ça à Jean-Marie.

Gabriel but son café. Une chose était sûre. Le type qui avait posé cette foutue mine ne connaissait pas seulement le coin, il en savait aussi vachement long sur les habitudes des navigateurs du coin. Ça restreignait le nombre des coupables possibles. Encore fallait-il trouver un mobile.

— J'ai fait deux fois le tour du village ce matin, reprit-il. J'avais vaguement dans l'idée de me payer une petite place au paradis. Une petite maison dans le genre de celle que vous m'avez gentiment prêtée. Ben, j'ai rien trouvé. Pas une seule maison à vendre.

Mary-Lou lui jeta un coup d'œil surpris.

— Vous n'avez pas les yeux dans vos poches, vous.

— C'est mon métier, sourit le Poulpe. Je me suis dit qu'un village aussi sinistré devait être bourré de maisons à vendre, c'est tout.

— Vous avez raison. La moitié de Kerletu était à vendre il y a encore trois mois. Depuis tout est parti.

— Et vous avez vu les acheteurs ?

— Personne. Ils viendront sans doute au début de l'été.

— Ils auraient au moins pu commencer à emménager. Vous n'avez pas vu de camions ?

— Rien du tout. Les panneaux ont été enlevés des façades et c'est tout.

Le Poulpe finit son café avec une impression qu'il connaissait bien. Celle d'avoir un gros point d'interrogation qui lui survolait le crâne comme une grosse mouche. Quelque chose clochait dans ce petit coin de paradis. C'était comme une ombre qui planait sur l'innocence et le Poulpe sentait cette menace dans chacune des fibres de son corps.

Il remercia Mary-Lou et rentra chez lui. En faisant son lit, il fit tomber le livre du Hodja et, en le ramassant, lut la page que le hasard avait désignée.

Un jour, une cigogne blessée tombe dans la cour de Nasr Eddin, qui prend soin d'elle mais attend qu'elle soit rétablie pour lui limer son long bec et lui rogner l'extrémité des ailes.

— Maintenant que tu es devenue presque normale, lui dit-il en la laissant aller, tu peux fréquenter les autres.

10 – Où le Poulpe se fait séduire par un gendarme et baiser par un bistrotier

« Un âne et maintenant une cigogne », murmura Gabriel.

Pourtant, cette histoire d'oiseau aux ailes rognées avait un sens. C'était même contre ce sens que le Poulpe avait axé sa carrière de justicier. La tendance actuelle du monde était, sans nul doute, à rogner les ailes des sauvages pour les faire rentrer de gré ou de force dans une civilisation qui souhaitait niveler l'humanité par le bas. La fameuse ménagère de cinquante ans, invoquée par les dirigeants des chaînes de télé pour justifier leurs programmes écœurants de consensualité molle, en était un exemple particulièrement dégoûtant. Il savait aussi que le Hodja était un rusé compère, un personnage foncièrement ambivalent capable d'endosser aussi bien la vertu du sage que l'ignominie des coquins. Le Hodja voulait-il lui dire qu'on était en train de s'attaquer à la sauvagerie d'un lieu jusqu'ici préservé de la connerie expansionniste de la civilisation dont la télé se faisait le chantre ? Peut-être, mais comment rogner les ailes d'un village qui mourait déjà dans l'indifférence générale ? Le Poulpe se fit mentalement le résumé des enseignements que lui avait déjà fournis le Hodja sur sa mission : 1°- C'est dans la lumière qu'il fallait chercher et c'est à l'ouest que se trouve la lumière. 2°- Jusqu'à présent il n'avait fait que tourner en rond en tombant sans cesse de son unique hypothèse. 3°- Le danger venait de ceux qui cherchaient à rogner la liberté des sauvages.

Le Poulpe fit passer le tout avec sa première bière de la journée et décida que le Hodja était trop fort pour lui et qu'une fois de plus son rapport au monde échappait aux principes ordinaires de la raison pratique et de la saine logique. La conclusion s'imposait d'elle-même : il fallait qu'il rame un peu plus dans la réalité boueuse avant d'en appeler aux intuitions ésotériques de Nasr Eddin.

Le capitaine de la gendarmerie maritime de Port-Louis ne fit aucune difficulté pour recevoir Gabriel. Il était, bien sûr, en uniforme mais c'était aussi un homme courtois et affable et le vieux prurit libertaire du Poulpe ne s'offusqua pas trop de la vareuse du flic. Il remercia Van Pulpen de sa visite et l'assura de toute son aide et de celle de ses gendarmes.

— Je connais Job depuis toujours, monsieur Van Pulpen. Il a servi dans la Royale sous les ordres de mon père. C'était un démineur d'élite et c'est toujours un marin remarquable doublé d'un homme d'une parfaite intégrité...

— Mais vous doutez fortement que son bateau ait pu sauter sur une mine, coupa le Poulpe avec impatience.

— Que voulez-vous que je vous dise ? J'ai envoyé deux plongeurs de la marine sur l'épave de *La Belle Bretonne*. La pinasse a bien sauté mais, pour en savoir plus, il faudrait la renflouer et je n'ai pas assez d'éléments pour ordonner une opération aussi coûteuse.

— Il faut pourtant dégager le passage, fit remarquer Gabriel.

— Pensez-vous ! Personne ne passe plus par là. De toute façon, la force du courant et des marées fera vite le boulot. *La Belle Bretonne* n'avait pas loin de cinquante ans, monsieur Van Pulpen. Une unité en bois de cet âge retourne vite à la nature.

Satisfait de sa formule, le capitaine la laissa rouler dans le silence de son bureau pendant que le Poulpe réfléchissait.

— Et vous ne trouvez pas bizarre qu'on envoie un pêcheur par le fond sous votre nez ?

— Si, bien sûr. C'est bizarre mais le village lui-même est bizarre. Ses habitants en sont même arrivés à revendiquer cette bizarrerie. C'est presque leur marque de fabrique.

— Qu'est-ce que vous voulez dire ?

— Vous êtes logé à Kerletu, non ? Eh bien, regardez autour de vous. La Trinité, Carnac, Etel, Larmor, Port-Louis, toutes ces villes ont des hôtels, des restaurants, des marinas, des commerces... Toutes sauf Kerletu. Kerletu est un village qui meurt doucement dans une des régions les plus touristiques de France. Ses habitants sont bizarres parce qu'ils sont dans une situation bizarre.

— Vous faites allusion au terrain militaire ?

— Bien sûr. Comment voulez-vous qu'une commune se développe quand elle est régulièrement coupée du monde par des exercices de tir à l'arme lourde ? Et il n'y a pas que ça. La moitié du village lui-même appartient à l'armée. Le Fort sert de colonie de vacances aux enfants de sous-officiers et tout le terrain qui va de Porh Puns à l'anse du Goêrem est sous autorité militaire depuis la fin de la guerre.

— Pourquoi ?

— J'en sais rien. Au début, c'était pour des raisons de sécurité. Les Allemands y avaient établi une ceinture de blockhaus et de canons qui couvrait l'entrée du port de Lorient et le terrain était sérieusement miné. Une de mes tantes habitait Kerletu et, quand j'étais gosse, on rôdait autour des barbelés pour voir les lapins sauter sur des mines. Elles ont toutes sauté mais l'armée a gardé le terrain. Toujours est-il que les Kerletiens sont condamnés à voir la prospérité leur passer sous le nez. Il y a quand même de quoi être bizarre, non ?

Si, bien sûr, songeait le Poulpe en se tapant une petite mousse à la terrasse du Bar des Sables. Il avait fait l'aller-retour Kerletu/Port-Louis/Kerletu dans le petit bateau qui assurait la navette à travers le chenal séparant les deux villes et il se sentait l'âme rugueuse d'un marin. L'âme d'un marin kerletien, pour être tout à fait précis, car, s'il avait enfin compris ce qui rendait cet endroit si différent des autres, il avait aussi saisi toute la portée magique de cette malédiction qui offrait aux initiés un havre à jamais protégé de cette autre malédiction que constitue le tourisme populaire. C'était une pensée affreusement réactionnaire mais Gabriel se dit que, quels que soient les pouvoirs du Poulpe, ils étaient impuissants à virer l'armée française d'une base qu'elle occupait depuis cinquante ans. Certes, Gabriel avait pour habitude de ne jamais quitter son coin du XIe entre deux expéditions du Poulpe, mais les habitudes ne sont finalement qu'une nécrose de l'imagination et Gabriel avait pris celle-ci avant de connaître Kerletu.

Heureux, le Poulpe songeait donc à des vacances gâvraises avec Cheryl alors qu'il n'avait pas avancé d'un pouce sur la résolution de l'affaire qui l'avait conduit dans la presqu'île.

— Vous m'avez l'air tout joyeux, ce matin, fit Yvon en apportant deux pintes de rousse irlandaise. C'est ce bouquin qui vous réjouit ?

Le livre du Hodja était posé sur la table. Gabriel le tendit à Yvon.

— C'est un livre un peu magique. Il vous aide à comprendre le monde. Pensez très fort à votre problème du moment et ouvrez-le au hasard.

Yvon s'exécuta en souriant. Visiblement, il prenait le journaliste belge pour un jobard.

— Maintenant, lisez, fit Gabriel.

— *Nasr Eddin est en train de saillir son âne, caché dans un cimetière, lorsqu'un visiteur le surprend en pleine opération et, de mépris, crache ostensiblement. « Fils de chien ! lui crie le Hodja, tu as de la chance que je sois occupé. Autrement, je t'aurais appris à souiller un lieu saint !* »

Yvon posa le livre sans rien ajouter.

— Alors ? fit Gabriel en réprimant de toutes ses forces le fou rire qui lui secouait le ventre.

— Alors quoi ?

— L'histoire, pardi. Elle vous aide ou non ?

— Bien sûr qu'elle m'aide. C'est vous qui me l'avez dit, non ?

Yvon tourna les talons et le Poulpe se dit que le livre du Hodja venait de lui apprendre une chose importante ; on ne se méfie jamais assez des Kerletiens.

11 – Où le Poulpe vend une maison qui n'est pas à lui

Sitôt rentré chez lui, Gabriel déchira le carton qui lui avait servi à transporter la bouffe. Il le posa sur la table et écrivit en gros : À VENDRE. S'ADRESSER ICI. Il punaisa le carton sur un des volets de la maison et rentra préparer son déjeuner.

Il était en train de manger quand on frappa à la fenêtre.

— C'est quoi, ce bordel ? demanda Jean-Marie en désignant le carton.

Il roulait des yeux d'un air menaçant et Gabriel s'aperçut que son œil droit ne suivait pas le mouvement.

— Juste une idée que j'ai eue en me baladant dans le village. J'ai vu Mary-Lou, ce matin. Elle vous l'a dit ?

— Ouais. Elle m'a dit que vous étiez un peu trop malin pour un simple journaliste. Qu'est-ce que vous cherchez au juste ?

— Pas à vendre une maison qui ne m'appartient pas, rassurez-vous. Venez donc prendre une bière.

Gabriel se doutait bien que Jean-Marie n'était pas du genre à laisser passer un coup à boire sans lui faire un croche-patte. Il avait raison.

— Les bons journalistes ne sont jamais trop malins, fit-il après avoir installé le pêcheur devant une canette de brune. Qu'est-ce qui est arrivé à votre œil ?

— Une poulie a tapé en plein dedans un jour que j'aidais un copain à rentrer son bateau par une furie de temps. Je suis resté borgne et l'assurance a rien payé vu que j'étais pas sur le rôle du chalutier. Vous en avez d'autres, des questions ?

— Quelques-unes. Si on se tutoyait, pour commencer ?

— Faut voir. C'est quoi votre idée ?

— On dirait que les maisons de Kerletu se vendent plus facilement que les sardines. J'ai raison ?

— P'têt' bien. Ça aurait quelque chose à voir avec le bateau de Job ?

— P'têt' bien. En tout cas, j'ai trouvé que ça.

— Et alors ?

— Alors, je mets un hameçon et j'attends que ça morde. On verra bien.

— J'attends avec vous.

Deux heures plus tard, Gabriel en savait plus sur la vie de Jean-Marie que sur la sienne. Sa fille aînée était mariée à un Breton qui bossait dans la région de Melun. Le plus vieux des deux fils pêchait la palourde en plongée et le plus jeune se perfectionnait dans l'art de la navigation à l'école professionnelle d'Etel. Il était deux fois et demie grand-père vu que la femme du petit dernier était enceinte de six mois. Sur la maladie de sa femme, Jean-Marie se montra à la fois discret et expansif. Elle avait été la plus belle femme du coin avant qu'une saloperie de choc affectif lui colle un asthme à complications multiples. C'était la seule ombre au bonheur de Le Goff et, s'il lui arrivait de boire un coup de trop, c'était juste pour oublier que la vie était une vraie chierie qui adore s'attaquer à ceux qui ne méritent que le meilleur. Il naviguait depuis l'âge de quatorze ans et avait terminé sa carrière sur un bateau-usine de Lorient qui faisait la morue au-dessus de Terre-Neuve. Le Poulpe l'écouta raconter des histoires de vagues plus hautes que le bateau qui balayaient le pont en hurlant pendant que les hommes faisaient ce qu'ils pouvaient pour rester à bord. Il ponctuait ses récits de rasades de bière et le Poulpe suivait le mouvement, histoire de ne pas rester en rade.

— J'ai fini par me mettre à l'assurance, conclut Jean-Marie. J'ai le dos brisé par ces putains de filets et j'ai assez travaillé pour qu'on me laisse souffler un peu avant de mourir. Pas vrai, Gaby ?

Gabriel acquiesça à travers le brouillard qui s'était abattu sur la pièce. Un brouillard qui provenait autant de la fumée des goldos que Jean-Marie cramait à la chaîne que des vapeurs de la bière que le Poulpe avait éclusée en affrontant les creux de cette saloperie d'Océan.

Quand on frappa à la porte, Gabriel se leva pour étarquer cette putain de drisse que le vent faisait battre.

— Je viens pour la maison, fit le petit bonhomme mal sapé et rondouillard qui se tenait sur le seuil.

— Quelle maison ?

— Celle-là.

Le petit bonhomme brandit le panneau de carton sous le nez de Gabriel avec un geste de chasseur de prime.

— Ah oui, la maison, fit Gabriel.

— Vous vous sentez bien ? demanda aimablement le petit bonhomme.

— Oui, oui, tout à fait. C'est juste la... Enfin, c'est que je tenais beaucoup à cette maison et...

— Deux cent mille francs dès signature du compromis. En chèque ou en cash, comme vous voulez. Tout se passe chez mon notaire et uniquement chez lui. Signez-moi ça.

Le Poulpe regarda le formulaire sans le prendre.

— C'est un peu rapide, non ? Je comptais en demander un peu plus.

— Possible. Voilà l'adresse du notaire. Mon offre commencera à baisser demain matin.

Le Poulpe prit la carte et le petit bonhomme tourna les talons aussi sec.

— Ben merde ! fit Jean-Marie. Tu perds ton temps dans le journalisme. T'aurais fait une fortune dans la pêche à la ligne.

— Comme tu dis, camarade. T'avais déjà vu ce gars-là ?

— Ouais. Ça fait deux ou trois mois qu'il tourne dans le village.

— Il est quand même venu vachement vite. Sûrement quelqu'un de Kerletu qui l'a prévenu.

Gabriel se laissa tomber dans le canapé. La bière lui

cognait le crâne et il avait un mal fou à se concentrer. Quelqu'un cherchait à acheter les maisons d'un village où l'immobilier ne valait rien et un autre quelqu'un, peut-être le même, avait fait sauter un bateau de pêche dans un bled, le même, où la pêche était morte. Le Poulpe avait l'intuition que les deux affaires étaient liées mais, comme dit le poète, sans preuve l'intuition n'est rien qu'une sale manie.

— J'y comprends que dalle, souffla-t-il.

— Viens boire une mousse à la maison, proposa Jean-Marie. Ton frigo est vide.

— Douze baraques et six terrains en moins de trois mois, conclut Gabriel. Pas mal pour un village en train de crever.

A la demande du Poulpe, Jean-Marie et Mary-Lou avaient fait le compte des biens immobiliers vendus depuis que le drôle de boom avait commencé. Ils l'avaient fait sans aucune difficulté et le Poulpe s'était demandé s'ils n'avaient pas fait semblant de refaire un compte dont ils connaissaient parfaitement le résultat.

— Sans compter ceux qu'on ne connaît pas, renchérit Jean-Marie. Ceux qui n'ont pas mis de panneaux sur leur maison.

Exact, se dit Gabriel. Si ces types démarchent depuis trois mois, ils se sont sûrement aussi attaqués aux gens qui n'avaient pas encore pensé à vendre.

— Vous savez ce que je viens d'apprendre ? La mère Duic a vendu. Le Corsaire va fermer.

Loulou venait de faire une entrée remarquée. Il avait l'air catastrophé. Il y avait de quoi. Le Corsaire était la supérette de Kerletu. L'unique dealer de bouffe avant ceux de Plouhinec. Le Poulpe savait ce que ça voulait dire pour les vieux du village, ceux qui étaient trop fauchés ou trop impotents pour avoir une voiture.

— Cette fois-ci, on est foutus, fit Mary-Lou posément.

— Comment tu sais ça ? demanda Gabriel.

— Par mon père, fit Loulou. La mère Duic est une vague cousine.

— Conduis-moi chez elle.

La mère Duic était désolée. C'était une vieille fille d'une soixantaine d'années qui portait barbe et moustache avec une assurance de sapeur. Elle savait tout le mal qu'elle faisait au village mais elle était le seul soutien de sa sœur de soixante-deux ans, une demoiselle aussi solide que les casemates que les Boches avaient laissées le long de la pointe de Kerletu et à peu près aussi futée.

— Tu la connais, Loulou. Je sais bien que je passerai avant elle et si je m'occupe pas de tout avant, elle finira dans le ruisseau. Le fils d'Amédée Padelec était d'accord pour m'acheter le Corsaire avant son accident mais...

— Quel accident ? coupa le Poulpe.

La mère Duic sembla soudain s'apercevoir de la présence de Gabriel.

— Qui c'est, celui-là ?

— Un ami, fit Loulou.

— Ah bon. Je l'ai vu ce matin et je croyais qu'il était avec les autres.

— Quels autres ? demanda le Poulpe.

— Une question à la fois, jeune homme. L'accident, c'est le chauffard qu'a balancé Jacky Padelec dans le fossé un soir qu'il rentrait de Plouhinec. Ça fait deux mois de ça et il est encore à l'hôpital à se demander s'il va finir sa vie en marchant ou en roulant. Les autres, c'est ceux qui tournent dans le village en achetant tout ce qu'ils trouvent.

— C'est à eux que vous avez vendu ?

— Dame oui. Y a qu'eux qu'en voulaient.

Dans la cuisine des Le Goff, Jean-Marie préparait une cotriade sous le regard morne des quatre autres. Soizic avait rejoint Loulou et ils broyaient tous du noir en chœur. Jamais le Poulpe ne s'était senti aussi inutile. Il ne comprenait rien, ne voyait rien à faire et il avait le vague sentiment qu'on lui cachait quelque chose. Ses nouveaux potes ne l'avaient sûrement pas attendu pour découvrir que les baraques de leur bled se vendaient soudain comme des petits pains. Ils étaient trop malins pour ça, le Poulpe en avait la certitude. Il s'approcha discrètement de la carte marine punaisée au mur. Le rond rouge qui marquait l'emplacement de la mine était toujours là. Pourquoi Jean-Marie avait-il éprouvé le besoin de marquer, après l'attentat, un secteur qu'il connaissait par cœur ?

— Qu'est-ce que tu regardes ? demanda Jean-Marie.

— La carte. Je comprends pas pourquoi les bateaux passent entre le Cabon et l'île aux Souris au lieu de passer entre le Cabon et les Sœurs.

— Et moi je comprends pas pourquoi les Belges trempent leurs frites dans la mayonnaise.

— C'est comme ça depuis toujours, Gabriel, fit Loulou.

Jean-Marie a tort de s'énerver mais on se demande tous ce que t'es venu chercher ici.

— La vérité, tout simplement.

— Les flics aussi cherchent la vérité.

— Non. Ils cherchent des coupables et ça fait une sacrée différence.

Il se leva et quitta la pièce. Non qu'il fût le moins du monde vexé, la susceptibilité ne faisait pas partie de l'attirail de campagne du Poulpe, mais parce qu'il sentait qu'il était temps de mettre un peu de distance entre les Kerletiens et lui. Il était temps de laisser la place aux méthodes peu orthodoxes du Poulpe et la sortie outragée du journaliste Van Pulpen lui fournissait une occasion rêvée.

Il fit démarrer la Norton sans la moindre discrétion et fila plein pot vers Lorient.

12 – Où le Poulpe découvre qu'un clerc de notaire breton peut être traité comme une vache texane

Le Poulpe arriva vers minuit devant l'étude du notaire dont le petit bonhomme lui avait laissé l'adresse. Il gara la Norton deux rues plus loin et revint vers son objectif sans se presser. Le coin était désert mais le Poulpe devait sa survie à une prudence sans faille. Il se recroquevilla sous un porche et attendit que son instinct lui donne le signal de l'action. Au bout d'une heure, il eut la certitude que l'étude ne faisait l'objet d'aucune surveillance.

Le Poulpe adorait bricoler les serrures mais celle de la porte d'entrée du notaire faillit le décevoir. Elle céda facilement et un casseur ordinaire se serait contenté de cette victoire rapide. Les prisons sont pleines de cambrioleurs optimistes. Le Poulpe se garda bien de pousser la porte. Il passa ses doigts le long du chambranle et trouva le petit rupteur qui déclenchait le système d'alarme. Il le neutralisa avec un bout de chewing-gum avant de se glisser dans l'étude en refermant soigneusement la porte derrière lui. Il alluma sa torche halogène et se mit au travail.

Il trouva tout de suite le coffre. C'était un Fichet de petite taille. Le Poulpe se l'offrit rapidement sans en attendre de miracles. Dix mille balles en billets de cinq cents, des documents sans intérêt et des photos d'individus des deux sexes en train de s'enfiler joyeusement. Le Poulpe empocha les billets à titre de dédommagement. Il remit les photos dans leur enveloppe. La liberté de disposer de son cul entre adultes consentants était une chose sacrée pour le Poulpe et il n'avait vu sur les clichés qu'une déclinaison plutôt banale de cette liberté. Ce qu'il cherchait était dans un dossier au nom de Kerlinvest S.A. On y trouvait la liste de toutes les opérations immobilières effectuées à Kerletu par cette société. Une vingtaine en tout. La vague d'achats avait commencé six mois auparavant mais elle s'était notablement accélérée dans les trois derniers. Comme si elle était subitement entraînée dans l'orbite d'un événement de plus en plus proche, songea le Poulpe. La société était domiciliée au Luxembourg et devait bénéficier d'une multitude d'écrans d'une opacité à toute épreuve.

Gabriel ne s'attendait pas à trouver grand-chose d'autre. Une opération de cette envergure se devait d'être cloisonnée et la tâche du notaire se limitait sûrement à la paperasserie légale. En continuant quand même à fouiller, il mit la main sur le double d'une plainte déposée à la gendarmerie de Port-Louis. Le plaignant était un clerc de l'étude qui s'était fait coincer et rosser sur la commune de Riantec par trois individus masqués. La plainte était accompagnée d'un certificat médical dressant la liste des dommages corporels subis par le clerc et qui se terminait par la description d'une brûlure profonde faite à la fesse droite par un fer rouge portant l'inscription : ARRÊTEZ LE CARRELAGE ! Il nota le nom et l'adresse du clerc et referma le dossier.

Avant de partir, le Poulpe s'employa à laisser les traces de son passage. Le coffre ouvert en était une, mais il en laissa d'autres un peu partout pour qu'il soit évident que le cambrioleur n'était pas venu pour l'argent. Si l'ennemi se croyait tranquille, il était urgent de le détromper.

13 – Où le Poulpe perd la foi devant un buisson ardent...

Gabriel fut arraché au sommeil par les tambours de guerre de la nation sioux. Le bruit venait d'en bas et il dégringola les escaliers sans prendre la peine de se vêtir comme l'indiquait le regard de la jeune femme quand il eut ouvert la porte sur laquelle elle cognait avec une belle santé.

— C'est de la galanterie belge ? fit-elle en rougissant.

Gabriel attrapa une serviette et se l'attacha autour des reins. L'ensemble ressemblait maintenant à une tente à demi écroulée. La fille pouffa et Gabriel jeta la serviette.

— Non, c'est un cornet de frites. Quand vous en aurez assez vu, vous me direz peut-être pourquoi vous cognez sur ma porte.

— C'est Jean-Marie qui m'envoie. On a coulé les deux navettes de Port-Louis.

— Quand ?

— Pendant la nuit. Vous devriez vous habiller. J'ai l'impression de vous décevoir.

Gabriel éclata de rire. Il grimpa les escaliers, enfila ses fringues et sauta dans la voiture de la fille.

— Vous êtes plutôt gonflée, comme fille.

— C'est de famille. Je suis la nièce de Jean-Marie et je m'appelle Annick. Je peux vous appeler Gabriel ?

— Oui, si vous regardez devant vous. C'était ma moto le machin noir que vous avez failli embarquer.

— Je sais. Ça fait deux jours qu'on ne parle plus que de vous dans le village. Je me demandais quand j'aurais la chance de vous rencontrer.

— C'est fait. J'ai même plus grand-chose à vous cacher.

— Croyez pas ça. Je ne connais encore que la façade et elle n'est pas d'une originalité affolante. Elle ne dit rien sur les raisons de votre visite à Kerletu, par exemple.

— Demandez à votre oncle. Hier soir, il était persuadé que j'étais flic.

— Je sais. Il vous a cherché pour s'excuser mais vous aviez disparu.

— Je suis comme les grands fauves blessés. Je me cache pour souffrir.

— Ouais. On en reparlera.

Il y avait un monde fou devant la petite cale. Au moins cinquante personnes et Gabriel se dit que les Kerletiens ne sortaient de chez eux que pour les concerts de rock et les naufrages de vedettes. Il s'approcha de Jean-Marie et de Job. Les deux bourlingueurs avaient les yeux pleins de larmes.

— Une charge de plastic dans la lunette d'étambot, expliqua Jean-Marie. Imparable. Elles ont coulé en cinq minutes et personne n'a rien entendu.

— C'est réparable ?

— Avec quel fric ? Ça fait longtemps que la ligne n'était

plus rentable. Elles vivaient à coups de subventions. Ça va devenir vraiment dur de vivre à Kerletu sans voiture.

Gabriel se sentit de trop. Il s'éloigna de la cale. Les gens le regardaient comme s'il s'était introduit par effraction dans une douleur qui ne le concernait pas. Il marcha jusqu'à la grande cale et s'assit devant ce bout d'éternité qu'on s'acharnait férocement à détruire.

— Vous avez réfléchi à ma proposition, monsieur Lefèbvre ?

Le petit bonhomme se tenait devant lui. Il avait l'air d'un vautour dodu perché devant un morceau de barbaque.

— Qui vous a dit mon nom ?

— J'ai consulté le cadastre, tout simplement.

— Ah ouais. Ben, vous vous êtes gouré, mon vieux. Je m'appelle Van Pulpen et je n'ai pas de maison à Kerletu. Pas encore.

— Et la maison de Porh Guerh ?

— Je la loue, mon vieux. Je la loue et je m'en suis servi comme appât pour choper les requins dans votre genre.

Le petit bonhomme regarda autour de lui d'un air inquiet.

— Qu'est-ce que vous voulez dire ?

— Que je veux ma part du gâteau. Je suis pas venu pour vendre mais pour acheter. Acheter à m'en faire péter la sous-ventrière. C'est bien ce que vous faites, non ?

Le petit bonhomme fit rapidement demi-tour mais pas assez vite pour les longs bras du Poulpe.

— Qu'est-ce que vous croyez ? Que vous allez vous goinfrer tout le putain de banquet sans lâcher quelques miettes ? Vos tuyaux commencent à fuir, mon vieux, et Van Pulpen a le nez creux.

Le Poulpe tenait le petit bonhomme par les épaules et il commença à le secouer.

— Lâchez-moi, voyons. Vous êtes cinglé...

— Oui, mon vieux. Je suis cinglé et la Kerlinvest n'est qu'un délire de ma cervelle malade. Continue à jouer au con si ça t'amuse, mon vieux, mais si tu croises un de tes boss, dis-lui que Van Pulpen est sur le coup.

Gabriel lâcha le petit bonhomme qui se mit à courir de toutes ses petites jambes.

— Vous donnez des cours de tango ?

Annick venait vers lui. Son sourire aurait largement mérité d'être classé X.

— Il voulait la recette du waterzoi. Je lui montrais juste comment le secouer avant de servir.

— Et il a filé vers sa cuisine avant d'oublier la recette? C'était le valet du notaire de Lorient, non?

— Ouais. Il venait surveiller la baisse des cours de l'immobilier.

— C'est le moment d'acheter. Ça vous tente pas?

— Je me tâte. Je vais peut-être attendre que ça baisse encore un peu.

— Et votre enquête sur *La Belle Bretonne*?

— Elle avance.

— Comment ça?

— Un plus deux, ça fait trois, non?

— Vous mettez les deux vedettes dans le même sac?

— C'est aussi des bateaux et c'est le même bout d'océan. Ça finit par faire une statistique. Vous faites quoi dans la vie?

— Coiffeuse. Vous pouvez rigoler, j'ai l'habitude.

Gabriel n'eut aucune envie de rigoler. Il se contenta de sourire en songeant à la naïveté de ses projets de vacances. S'il voulait emmener Cheryl quelque part, la prudence lui imposait d'éviter les lieux où le Poulpe s'était illustré.

— Vous ne travaillez pas aujourd'hui?

— Je suis en congé depuis ce matin. C'est un signe, non?

Ce devait en être un mais il refusa de l'interpréter. Le sourire de cette fille était un gouffre dans lequel il avait trop envie de plonger. Il la salua vaguement et se mit en marche vers la maison.

Elle le rattrapa au milieu du village.

— Vous allez quelque part?

— Chercher ma moto. J'ai une course à faire à Lorient.

— Montez. C'est là que je vais aussi.

Le Poulpe se demanda s'il était vraiment prudent d'aller chercher son arsenal avec une fille aussi curieuse. D'un autre côté, il ne voyait pas comment s'en débarrasser et les provocations qu'il avait lancées sur le tapis exigeaient qu'il ne restât pas plus longtemps les mains vides.

Il monta dans la Golf d'Annick. La jeune femme portait un petit bout de jupe qu'elle avait remonté très haut pour conduire à son aise. Un morceau de dentelle blanche d'où s'échappaient quelques longs poils dorés jouait avec les nerfs de Gabriel. Il tint jusqu'à l'entrée de Plouhinec avant de tirer le bout de tissu vers le bas.

— Qu'est-ce qui vous prend? fit Annick d'un ton espiègle. Vous êtes un adepte de la pudeur intégriste?

— Tout dépend des circonstances. J'aime bien regarder le

visage des gens à qui je parle et, là, je suis un tantinet distrait.

— J'essayais juste de nous mettre à égalité.

Gabriel retint un sourire. Si cette allumeuse voulait jouer avec le feu, elle allait être servie.

— C'est différent, convint-il gravement. Arrêtez-vous dans ce petit chemin.

Annick eut l'air vaguement inquiet mais elle ne pouvait plus se dérober. Elle gara la Golf dans un sentier à vaches et mata Gabriel d'un air provocant.

— Vous allez me violer ?

— Pas du tout...

Le Poulpe expédia ses longs bras sous la jupe de la fille et descendit d'un coup sec sa culotte blanche jusqu'au milieu des cuisses. Il souleva la jupe et regarda longuement la touffe de poils dorés avant de remonter la culotte et de rabattre la jupe.

— ... Maintenant nous sommes à égalité.

Annick n'avait pas bougé. Ses joues étaient écarlates et elle haletait comme si elle venait de courir un cent mètres.

— On dirait que votre jean est trop serré, fit-elle en dardant son regard sur l'entrejambe de Gabriel.

— Les vraies blondes m'émeuvent toujours un peu. Si on repartait, maintenant.

Annick se rajusta lentement et remit la voiture sur la route. Ils roulèrent longtemps en silence. Annick chantonnait, Gabriel essayait de ne pas trop penser à ce qu'il avait vu.

— Vous me prenez pour une salope ? fit Annick en traversant Riantec.

Elle regardait droit devant elle. Gabriel sourit.

— Les salopes ne rougissent pas. Vous êtes une jolie fille très curieuse et un peu naïve qui croit qu'elle peut tout savoir sur un homme en y mettant le feu.

— Je ne vous plais pas ? Vous auriez pu vous servir tout à l'heure.

Gabriel cessa de sourire.

— Justement, fit-il en durcissant le ton. Je n'aime pas me servir. Vous me plaisez mais pas comme un morceau de tarte. Si vous voulez savoir quelque chose, demandez-le. Le reste viendra peut-être après, à condition que vous en ayez envie.

Annick pila devant la poste principale de Lorient. Elle n'avait pas desserré les dents depuis Riantec et Gabriel se sentait un peu coupable d'avoir été aussi dur. La jeune femme lui plaisait, il avait même douloureusement envie d'elle mais il ne se sentait pas le droit de l'impliquer dans les dangers que le Poulpe était sur le point de courir sans qu'elle manifestât autre chose qu'une vague curiosité de gamine.

Il récupéra son colis et proposa à Annick une invitation à déjeuner dans le restaurant de son choix. Elle accepta d'un air revêche et ils s'installèrent à la terrasse d'un caboulot à fruits de mer, devant le port de plaisance.

Le Poulpe fila immédiatement aux toilettes avec son paquet. Il en sortit le 38, le chargea et le coinça dans sa ceinture, au milieu du dos.

— Qu'est-ce qu'il y a dans ce colis ? demanda Annick dès qu'il se fut assis à la table. De la dynamite ?

Gabriel sourit en lui prenant la main. Elle était chaude et douce et Gabriel se laissa un instant bercer par le souvenir d'une autre chaleur que ses mains avaient effleurée.

— Pour qui me prends-tu, Annick ?

La jeune femme se troubla. Manifestement, elle ne s'attendait pas à ce changement de registre.

— Je ne sais pas. Jean-Marie et Mary-Lou ne savent pas non plus. Tu débarques avec ta moto d'enfer, tu t'installes, tu séduis tout le monde, tu poses des questions et tu trouves même les réponses à celles que tu n'as pas posées. Qu'est-ce que tu es venu faire à Kerletu, Gabriel ? Et ne me réponds pas que tu es un simple journaliste belge en quête de scoop.

Le Poulpe réfléchit longuement avant de répondre. La situation particulière de Kerletu, la taille du village et le petit nombre de ses habitants lui imposaient de se découvrir un peu plus qu'il n'en avait l'habitude. Sa présence était devenue trop visible pour qu'il puisse continuer à la justifier par une couverture aussi légère. Il fallait qu'il lâche du lest. Cela demandait d'autant plus de prudence qu'il ne savait toujours pas où situer les victimes dans une affaire où tout le monde se taisait soigneusement.

— Je suis bien journaliste, Annick. Un journaliste qui enquête sur ce que les autres journalistes ne veulent pas voir. Je travaille pour un bulletin inconnu du grand public mais très lu dans certaines sphères du pouvoir. Nous mettons notre nez dans toutes les affaires bizarres où la presse et la police ne veulent pas mettre les leurs. Des affaires qui ressemblent à de simples faits divers mais qui peuvent cacher la maladie qui ronge notre monde. Tu comprends ?

Annick le dévorait des yeux. Sa main palpitait toujours dans celle du Poulpe et son visage exprimait le ravissement d'une gamine à qui l'on dévoile les mystères de l'univers.

Un toussotement discret rompit soudain le charme.

— Vous voulez la carte ou vous vous contenterez d'eau fraîche ? demanda un grand type en souriant.

Ils commandèrent rapidement. Annick avait repris ses esprits et son air de se foutre du monde. Elle attendit que le garçon s'éloigne pour répondre.

— T'es une sorte de justicier, si je comprends bien.

— Surtout pas. Je suis un enquêteur un peu plus libre que les autres. Je cherche à être témoin des désordres qu'on nous cache.

— Et l'aventure de *La Belle Bretonne* est un de ces désordres ?

— Un peu, ma nièce. Tu vas quand même pas me dire qu'un bateau de pêche qui saute sur une mine allemande dans une des rades les plus fréquentées de France sans que la justice soulève une fesse est une manifestation de l'ordre ? La preuve.

— Quelle preuve ?

— Ce qui se passe à Kerletu, pardi.

Ils se turent pendant que le garçon les servait.

— C'est bien ça le problème, fit-elle en attaquant une patte de crabe avec les dents. Tu viens pour *La Belle Bretonne* et tu te mêles de tout le reste. Il y a peut-être un rapport entre les deux, mais t'es bien le seul à le voir.

— Je ne vois rien du tout, avoua le Poulpe. Je suis sûr qu'il y en a un mais je suis encore loin de le voir.

Chacun se plongea dans son assiette et ils ne produisirent plus d'autres bruits de bouche que ceux de leurs mâchoires broyant les carapaces de crabes et de langoustines.

— C'est vachement bon, fit Annick. Je t'ai entendu dire au type du notaire que tu voulais ta part du gâteau. C'est quoi, ce gâteau ?

— J'en sais foutre rien, justement. J'ai fait semblant d'avoir du jeu pour connaître celui des autres.

— Quels autres ?

Le Poulpe sortit son nez du crabe dont il bouffait l'intérieur. Il s'essuya, but un coup de bière et chopa la jeune femme par le bras.

— T'es pas obligée de me croire, ma caille, fit-il d'une voix sèche. Tu peux penser ce que tu veux, y compris que je fais partie de la bande qui est en train de vous tondre. Tu peux même me prendre pour un con, si ça t'amuse...

— Tu me fais mal, gémit Annick.

— Attends que je serre vraiment pour chialer et écoute ce que j'ai à te dire. Quelqu'un a décidé d'avaler Kerletu et il n'a plus le temps de mâcher. Il a commencé par acheter tout ce qu'il y avait à vendre mais c'était pas assez. En coulant les deux vedettes et en faisant fermer les commerces, il change salement de braquet. Encore deux ou trois coups comme ça et les gens vendront tous leurs maisons sans même discuter le prix. Un certain nombre de Kerletiens en sont parfaitement conscients et depuis pas mal de temps, en plus...

— Lâche-moi, merde !

Le Poulpe lâcha sa prise. Annick se frotta le bras en grimaçant.

— T'es qu'un putain de dingue à la con... !

— Je sais. On me l'a déjà dit ce matin. Il était de l'autre bord, celui-là.

— Quel bord, merde ? Ça veut dire quoi, ce baratin à la con ?

— Mange tes huîtres. Elles vont refroidir.

— Va te faire foutre !

Ils se turent. Annick boudait, Gabriel réfléchissait à toute allure. L'attitude des gens de Kerletu le troublait profondément. Le Poulpe n'était pas un justicier, encore moins le représentant d'un ordre ou d'une morale quelconque. Il se contentait d'intervenir chaque fois qu'il pensait que l'équilibre fragile entre les puissants et les autres était trop gravement ou trop scandaleusement menacé et, cette fois-ci, il se demandait s'il n'était pas tout simplement en train de se mêler d'un truc qui ne le regardait pas. L'avenir de Kerletu était l'affaire des habitants du village et le moins qu'on puisse dire, c'est que ceux-ci n'avaient manifesté ni le désir ni le besoin d'une aide extérieure. Ils étaient libres de vendre leurs maisons à qui ils voulaient, de laisser fermer leurs commerces et, du moins en ce qui concernait le Poulpe, de couler tous leurs bateaux. Et s'il ne s'agissait que d'une affaire de famille, une histoire d'écologie parfaitement privée qui regardait peut-être la justice mais certainement pas l'intervention d'un lourdaud libertaire affligé d'une hypertrophie de la glande donquichottesque ?

— T'as l'air triste.

Le sourire d'Annick était revenu. Elle buvait son muscadet à petites lampées et Gabriel eut envie de l'embrasser.

— Un peu. Je me plaisais bien dans ce coin.

— Tu vas partir ?

— On ne me paye pas pour prendre des vacances, tu sais.

Il fit signe au garçon, paya l'addition avec l'argent du notaire et rigola en imaginant la tronche que ferait le tabellion en recevant par la poste le fric qu'on lui avait volé.

— Qu'est-ce qui te fait rigoler ?

— Tu peux pas comprendre. Allez, viens... On rentre.

14 – ... et la retrouve devant une calandre de camion

Annick reprit la route de Kerletu en faisant hurler les pneus de la Golf. Elle conduisait comme si elle avait décidé de faire honte à Vatanen et Gabriel regardait ses mâchoires serrées en se demandant s'il existait un foutu moyen de comprendre quelque chose à l'humeur des bonnes femmes.

— C'est vraiment pas de toi que je rigolais tout à l'heure, fit-il en manière d'apaisement alors que la Golf sortait d'un virage en glissant des quatre roues devant le mufle d'un machin gros comme un porte-avions.

— J'en ai rien à foutre, rétorqua-t-elle en remettant la voiture dans l'axe de la route.

Derrière eux, le camtar beuglait comme un buffle blessé à mort et Gabriel décida que le Poulpe ne finirait pas sa vie dans la caisse d'une gonzesse cinglée comme un lapin mécanique. Il coupa le contact et mit la clef dans sa poche.

— Le Neiman, bordel ! hurla Annick debout sur le frein.

La Golf finit sa course en allant s'échouer mollement dans un fossé. Gabriel évita la première baffe, bloqua la seconde, se fit copieusement mordre et griffer avant de se résoudre à percuter d'une droite bien sèche la pointe du menton de la belle. La tête d'Annick rebondit contre le dossier du fauteuil, fila vers le pare-brise et s'arrêta contre la paume ouverte du Poulpe.

— Il y a toujours un moment où il faut s'arrêter, fit sobrement Gabriel.

Annick le regarda, ouvrit la bouche pour parler et fondit en larmes. Il l'attira contre son épaule en marmonnant de vagues excuses. Le visage collé contre la vitre, un badaud attiré par la scène luttait contre la congestion en matant la culotte de la jeune femme.

— Vous n'êtes qu'un dégonflé, sanglota Annick. Un sale dégonflé qui la ramène devant les femmes pour mieux les sauter.

— Tu ferais bien de baisser ta jupe avant qu'il y ait mort d'homme, conseilla sobrement Gabriel.

Elle tira instinctivement sur sa jupe, le badaud déçu disparut et Gabriel encaissa une torgnole.

— C'est bien ce que je disais. Tu ne penses qu'à mon cul, fit-elle d'un ton calme.

Gabriel respira longuement, bloqua l'air au niveau de son plexus solaire et répéta l'opération jusqu'à retrouver son calme.

— Reprenons tout depuis le début. Je ne me suis pas moqué de toi et tu étais en train d'affirmer que je n'étais qu'un dégonflé.

— Pardonne-moi, renifla-t-elle en essuyant ses larmes. Je suis devenue enragée quand tu as dit que tu voulais partir.

— Tu comptais me demander ma main ?

— Plutôt crever. Et tes grandes déclarations sur les maladies qui rongent le monde, tes histoires de témoins de l'invisible, tu les as oubliées ?

— Non, fit le Poulpe en sentant un fourmillement familier lui taquiner la moelle. Je croyais que les gens de Kerletu étaient menacés par quelque chose et je me suis trompé. C'est tout.

— Ils sont menacés. Tout le village est menacé.

— Par qui ? Ceux qui coulent les bateaux et rachètent les maisons ?

— Oui. Personne ne sait qui c'est. On s'est même dit que tu venais diriger l'assaut final.

— T'as changé d'avis ?

— Idiot, souffla-t-elle en lui effleurant les lèvres d'un baiser. J'ai pris assez de risques pour me faire une vraie idée du bonhomme, non ?

— C'est pas Jean-Marie qui t'as envoyée ce matin, hein ?

— Penses-tu ! Il m'a engueulée comme du poisson pourri. Il pensait que, si tu étais vraiment journaliste et qu'il ne se passait plus rien, tu finirais par partir.

— Je croyais qu'il me prenait pour le général en chef de l'offensive finale ?

Elle haussa les épaules. Le Poulpe se dit qu'il était bien agréable de voir quelqu'un mentir avec tant de grâce. C'était comme assister au spectacle d'un bon jongleur ; il a toujours deux massues en main mais ce ne sont jamais les mêmes.

— C'était l'autre hypothèse. Celle qui aurait expliqué que tu restes.

— Et tu as décidé de mener les choses à ta manière.

— J'ai bien fait, non ? Une femme finit toujours par découvrir ce que cache un mec.

Elle éclata de rire et remit la voiture en route. Elle bavarda joyeusement pendant tout le trajet. Le Poulpe répondit par de joyeux monosyllabes en faisant mentalement le bilan de ces trois heures d'authentique dinguerie. Il ne parvint pas à s'y retrouver dans les stratégies tordues des Kerletiens mais il acquit la certitude que Kerletu était vraiment en danger et que Le Goff et sa nièce avaient tout fait pour qu'il reste en s'arrangeant pour ne pas le lui demander.

Il quitta Annick sur la promesse de passer la soirée avec elle, rentra ostensiblement chez lui et en ressortit tout de suite après.

15 – Où le Poulpe apprend qu'on cherche un carrelage à arrêter

Le Poulpe gara la Norton devant une des cabines de Plouhinec et appela l'étude du notaire. Il demanda à parler à Léon Garec. On lui répondit que Garec était toujours en arrêt de travail et qu'on pouvait lui passer son remplaçant. Le Poulpe raccrocha poliment.

Il trouva Lanester sur la carte et demanda l'adresse du clerc Garec à une grosse dame tout à fait aimable qui en profita pour lui faire part de ses réflexions sur le résultat des dernières municipales. Les communistes étaient repassés et la France ferait bien de prendre exemple sur une ville où le Front national n'avait même pas assez de voix pour espérer faire rentrer un cul-de-jatte dans le personnel de la voirie.

— Madame Garec ? fit-il en agitant une carte tricolore sous le nez de l'échalas gris qui lui avait ouvert. Inspecteur Calmar, j'ai quelques questions à poser à votre mari.

— Qu'est-ce que c'est, Marthe ? dit une voix que le Poulpe aurait d'instinct attribuée à un clerc de notaire ou à toutes autres espèces voisines.

— La police, répondit l'échalas en s'écartant.

Le Poulpe fonça jusqu'à la voix. Léon Garec était un être volumineux et sanguin, un type qui avait dû être balèze avant de troquer les haltères contre la bouteille de gnôle qui trônait devant lui. Il était déjà à moitié sorti de son fauteuil quand le Poulpe le fit retomber dedans.

— Restez assis, mon vieux. Personne ne se lève plus pour les flics.

— J'ai déjà tout dit à la police, protesta le clerc.

— Il n'y a pas qu'une police, mon vieux, fit le Poulpe en s'installant en face de Garec. Je viens de Paris et j'aime autant vous dire que j'ai pas de temps à perdre.

Une demi-heure plus tard, le Poulpe retrouvait l'air pur et sa moto. Il respira l'un, kicka l'autre et reprit la route de Kerletu en ricanant.

Garec l'avait admis, les virées qu'il avait faites pour le compte du notaire ne s'apprenaient pas à l'école des clercs mais plutôt à celle des nervis. Elles consistaient à persuader quelques vieux Kerletiens de vendre leurs maisons à la Kerlinvest et au prix fixé par celle-ci. Ça, le Poulpe le savait déjà. Ce qu'il ignorait, c'est qu'une bande de voyous avait décidé de rendre les choses un peu plus difficiles aux braves requins. Les choses avaient commencé par des tracts et des bombages signés d'une organisation dont le nom, ARRÊTEZ LE CARRELAGE, faisait plus penser à un groupe de rock alternatif qu'à une bande de terroristes. Mais le ton s'était vite durci et des voitures s'étaient mises à brûler un peu partout du côté de la presqu'île. Une des bagnoles appartenait bien à l'équipe du notaire mais les autres, Garec le jurait sur la tête de sa Marthe, n'avaient rien à voir avec la Kerlinvest. Et puis, par une nuit sans lune, Léon s'était fait coincer par un commando qui l'avait lâchement tabassé avant de le laisser filer, marqué au cul comme n'importe quelle vache du Texas. Garec n'était sûr que d'une chose, c'était une femme qui lui avait mis les miches à l'air et qui les avait fait griller. Une jeune, en plus. Il s'était accroché à une paire de seins avant de succomber et c'était du ferme, il était bien placé pour s'en rendre compte vu que la pauvre Marthe… Le reste, le Poulpe l'avait lu dans le journal en son temps mais sans y prêter beaucoup d'attention. C'était il y avait un peu moins de trois mois. Un ancien mercenaire au passé plus chargé qu'une langue de cirrhotique avait été retrouvé flottant dans le port de Kerhoman, la tête défoncée par ce qui pourrait bien être un roulement à billes propulsé par un lance-pierres. Garec savait que les types qui l'avaient tabassé se servaient volontiers de ce genre d'engin et il avait déjà vu le mercenaire dans les locaux du notaire. Il avait balancé l'information aux flics chargés de son affaire mais il n'avait plus entendu parler de rien. Il n'avait plus non plus entendu parler d'ARRÊTEZ LE CARRELAGE mais, puisqu'un policier parisien avait eu le flair de venir jusqu'à lui, il pouvait bien lui confier que cette histoire de mine dans la rade de Lorient lui avait brûlé le cul sitôt qu'il l'avait lue dans le journal. Ces dingues étaient capables de tout, ses fesses pouvaient en témoigner.

Gabriel s'arrêta à la gendarmerie de Port-Louis. Le capitaine ne fit pas plus de difficultés que la première fois pour le recevoir. En fait, il eut même l'impression que le flic éprouvait un certain plaisir à le revoir.

— Votre article prend-il forme, monsieur Van Pulpen ? demanda-t-il avec beaucoup d'affabilité.

— Oui et non, répondit le Poulpe sur le même ton. Vous êtes au courant pour les deux vedettes ?

— Bien sûr. Nous n'avons pas enregistré la moindre plainte, si ça peut répondre à votre question.

— Etrange, non ?

Le capitaine leva les yeux au ciel comme pour exprimer une infinie résignation.

— Pas tant que ça. Je vous l'ai dit, les Kerletiens sont des gens étranges... Personne ne peut les empêcher de couler leurs bateaux s'ils en ont envie.

— Et si je vous dis : ARRÊTEZ LE CARRELAGE ! Ça vous fait penser à quoi ?

— Ah ! fit le flic en regardant attentivement la taille impeccable de ses ongles. Vous êtes un bon journaliste, monsieur Van Pulpen. Je m'en doutais.

— Mais encore ?

— Que vous dire... ? Des tracts, des graffitis, quelques voitures incendiées, une paire de fesses peu ragoûtantes marquées au fer rouge... Une enquête toujours ouverte mais sans preuves qui puissent la conclure... rien de plus.

— Et le cadavre d'un ancien mercenaire trouvé dans l'eau du côté de Kerhoman ?

— C'est Garec qui vous a parlé de ça... ? Peu importe, d'ailleurs. Rien ne permet d'attribuer la mort de ce triste sire à cette organisation fantôme.

— Je vois. Et les voitures brûlées ?

Le capitaine sourit gentiment. Il avait l'air de se foutre de tout et de tenir à ce que ça se sache.

— Pas de plaintes, monsieur Van Pulpen. Il n'y a que Léon Garec qui soit venu montrer ses fesses aux autorités. Ça ne lui a pas réussi, d'ailleurs... Il ne vous l'a pas dit... ? Son employeur hésite beaucoup à le reprendre. Il s'est brusquement aperçu que les diplômes du pauvre Léon n'étaient pas... Comment dirais-je ?

— A la hauteur de la tâche qui lui était confiée. Je comprends ça... Mais les véhicules, ils étaient à qui ?

Le capitaine agita ses mains comme une volée de mouettes.

— Oh ! J'ai cru comprendre qu'il s'agissait d'architectes et de géomètres à qui personne n'avait rien demandé... Nous avons beaucoup de travail, monsieur Van Pulpen... Beaucoup trop pour nous occuper de choses qui, finalement, sont d'ordre privé.

Le Poulpe laissa le silence retomber. Pendant qu'ils étaient occupés à ne rien se dire, il repensa à leur première conversation.

— Vous m'avez bien dit que votre famille avait des liens avec Kerletu, non ?

— Oh oui, fit le capitaine en laissant un sourire de bonheur flotter sur son visage. Ma tante vient même de mourir en nous laissant sa maison... Sa maison et tous les souvenirs d'enfance qui s'y rattachent... Kerletu est une sorte de paradis, vous savez.

— Je commence à le savoir, fit le Poulpe. Et personne n'a cherché à acheter cette maison ?

Le capitaine continua à sourire mais Gabriel sentit que derrière ce sourire se cachait une férocité soudaine.

— Vous êtes vraiment un bon journaliste, monsieur Van Pulpen. Je ne sais pas où vous mènera votre enquête mais je peux vous réaffirmer que mon aide vous est acquise.

— Et pour votre maison ? insista le Poulpe.

— Elle n'est pas à vendre... Dites-le autour de vous. Si besoin est, bien sûr.

Le Poulpe reprit sa bécane des points d'interrogation plein la tête. C'était bien la première fois qu'un capitaine de gendarmerie avait l'air content de le voir mais surtout, et c'était là une nouveauté qui le déroutait totalement, il n'avait encore jamais vu un flic aussi bienveillant pour ses voisins et aussi attentif à ne pas se mêler de leurs affaires.

Si l'espèce se généralisait, le Poulpe risquait d'avoir du temps libre.

Il n'était pas vraiment sûr d'aimer ça.

Ce coin de Bretagne était décidément frappé du sceau du bizarre. Sans être un fana de la raison cartésienne, Gabriel aimait bien savoir où il posait les pieds. Pour la première fois de sa vie de Poulpe, il se vit comme son totem, flottant entre deux eaux dans un paysage que les marées modifiaient sans cesse pendant que ses huit bras aux multiples ventouses cherchaient à agripper une vérité qu'il avait vue passer au jusant mais que le flux venait de rendre aussi certaine que les affirmations philosophiques de Gérard après une journée passée à siphonner une barrique de vin nouveau.

Sur le chemin du retour, le Poulpe s'arrêta dans une armurerie pour acheter deux boîtes de cartouches de chasse de calibre 12.

Curieusement, il se sentit mieux après.

16 – Où le Poulpe cherche la bagarre et la trouve

Il fut un temps où Nasr Eddin avait un esclave. Un jour celui-ci s'enfuit et son maître se met à parcourir les rues de la ville et se plaint à qui veut l'entendre :

— Quel imbécile, cet esclave, de s'être enfui ! Quelle erreur de sa part !

Les gens sont bien de cet avis : ils hochent tous la tête et poursuivent leur chemin.

— Excuse-moi de te contredire, Nasr Eddin, objecte enfin un passant. Je ne parviens pas à donner tort à ton esclave, au contraire : l'esclavage n'est-il pas la pire des conditions ?

— Justement ! répond Nasr Eddin. Fugitif, il reste mon esclave, tandis que s'il était resté chez moi, je l'aurais affranchi.

Un silence glacial accueillit l'histoire que Gabriel venait de lire à ses amis réunis dans sa maison.

Il était pourtant très content de cette parabole qu'il n'avait pas trouvée au hasard mais, au contraire, longuement choisie pour les inciter à se confier à lui.

Le bide.

— C'est quoi ce bordel ? râla Jean-Marie. Tu nous prends pour des mômes du catéchisme ?

Loulou regarda ailleurs, Soizic pouffa et Mary-Lou se

contenta de sourire comme si elle avait compris quelque chose qui n'était pas dans l'histoire.

— C'est pourtant clair, fit calmement le Poulpe. Si ce crétin d'esclave avait fait confiance à Nasr Eddin, il aurait été libre.

— Il l'est puisqu'il cavale toujours dans la nature, objecta doucement Mary-Lou.

— Oui, convint Gabriel. Mais pour les autorités, il n'est qu'un esclave en fuite.

— Et en quoi ça nous concerne ? fit Loulou en se curant les ongles.

— J'en sais rien. C'est à vous de voir.

Et il quitta la pièce.

Jean-Marie le rattrapa dans la nuit.

— Où tu vas, merde ! T'es fâché parce qu'on ne comprend rien à tes conneries de curé ?

— Non. C'est ceux qui ne comprennent pas qui doivent se fâcher, pas les autres.

Jean-Marie alluma nerveusement une goldo au mégot de la précédente.

— T'es chié comme mec... On dirait que tu cherches les emmerdes des autres pour passer le temps... Tu vas où comme ça tout seul ?

— Faire le tour du jardin. Je vais voir si les trucs que j'ai semés commencent à pousser.

— Je te rappelle que t'as rencard avec Annick. C'est pas le genre à bouffer du lapin sans gueuler...

Gabriel ne répondit pas. Il s'éloigna dans le noir en serrant la crosse de son 38, beaucoup moins rassuré qu'il n'en avait l'air.

Son instinct était encore une fois beaucoup plus affûté que son intelligence et s'il ne parvenait toujours pas à mettre en place les pièces du puzzle, il sentait très nettement que l'ennemi était maintenant tout à fait décidé à l'en empêcher.

« Si tu ne sais pas ce que ton adversaire a dans la tête, accompagne son mouvement », disait toujours son vieux maître d'arts martiaux aux mastards hésitants qu'il faisait voltiger par-dessus ses frêles épaules. C'est bien ce que le Poulpe avait l'intention de faire alors que, les fesses serrées, il avançait dans le noir en sifflant faux les premières mesures de *Love in vain* dans la version des Stones.

Il fit une première halte au Bar des Sables. Deux jeunots bavassaient à une table sous le regard impavide d'Yvon. Gabriel s'accouda au bar.

— C'est ma tournée, fit Yvon en tirant une pinte de rousse.

— Quoi de neuf ? demanda le Poulpe.

— Ici, rien.

— Ça va jusqu'où, ici ?

— Mon troquet et les trois mètres qui sont devant.

— C'est ce qu'on appelle des nouvelles locales, rigola le Poulpe.

— Ouais. J'essaye toujours de causer de ce que je connais. Le reste, c'est que des suppositions.

Gabriel but lentement sa bière. Derrière lui, les deux jeunots se souvenaient d'une petite Parisienne et de son aversion pour les sous-vêtements.

— Parce qu'il y a aussi des suppositions ? fit-il à voix basse.

— Ouais. Une bagnole qu'est passée dans un sens et pas dans l'autre, par exemple. Pas une bagnole du village, ça, c'est sûr.

— Vers où ?

— La grande cale.

Gabriel hocha la tête. La bagnole pouvait être n'importe où dans le village mais elle ne pouvait le quitter que par une seule route et le bar d'Yvon donnait en plein dessus.

Il finit sa bière et se dirigea vers la grande cale. Il y avait de la lumière au Café de la Marine. Le Poulpe mit le cap dessus en titubant comme un mataf en bordée. Il pénétra dans la salle du café, trébucha sur une chaise et s'affala contre le comptoir en s'esclaffant.

— Une brune pour le roi des Belges, une !

La patronne le servit en souriant. Il prit la bouteille et se retourna vers la salle. Un grand type en blouson de cuir le regardait fixement. Le Poulpe tangua vers la table du type et se laissa tomber à côté de lui.

— T'as l'air gai comme une canette vide, mon pote, fit-il en lui soufflant dans la gueule. T'as tort... C'est une putain de bonne journée.

— Ah ouais, fit le type en essayant d'échapper à l'haleine du Poulpe.

— Sûr que ouais, mon pote. T'as la tronche en anus de chameau mais moi j'ai les couilles en or massif. Tu veux toucher... ?

Le type retira vivement sa main avant qu'elle n'atteigne les burnes de Gabriel. Les trois vieux qui finissaient de se torcher à la table d'à côté étaient morts de rire.

— Y m'prend pour un pédé, ce con... J'chuis pas une

tante, tronche de cul... J'te dis que j'chuis riche comme Nimbus...

— Crésus, rectifia le type en posant un billet de cinquante balles sur la table. Prenez aussi la bière du roi des Belges, madame. C'est le genre de nabab qui paye avec des ardoises.

Gabriel le regarda sortir du coin de l'œil. Il lui laissa un peu de champ avant de sortir derrière lui. Le type se dirigea sans se retourner vers les voitures garées devant la cale. Le Poulpe se demanda s'il n'avait pas fait tout ce cinoche pour que dalle mais, fidèle à son personnage, il fit une vingtaine de mètres en titubant avant de s'étaler contre une benne à ordures.

Le type fit demi-tour et revint vers Gabriel qu'il aida à se relever.

— C'est toi, Van Pulpen? chuchota-t-il à l'oreille du Poulpe en le dirigeant vers une Mercedes aux portes grandes ouvertes.

— Ah! Tu vois bien que tu me connais, fit Gabriel en se dégageant. J'chuis Van Pulpen et ch'peux m'acheter douze bagnoles comme ta chiotte...

Le Poulpe avait vu la matraque. Il fit trois pas d'ivrogne, se rattrapa au capot de la Mercedes, glissa sous le bras qui tenait la matraque avant de se relever, boule en avant. Le pif du type éclata en faisant un sale bruit d'os. Le type bascula en avant et le Poulpe le remit droit d'un méchant coup de coude dans les dents. Ce n'est qu'alors qu'il vit les trois autres.

Le premier coup de goumi rata la tête de Gabriel de très peu. Il le prit sur l'épaule et sut tout de suite que son bras droit allait afficher relâche pendant un petit bout de temps. Le deuxième lui fouetta les côtes et le troisième atterrit sur le toit de la Mercedes où il laissa une empreinte de la taille du canyon du Colorado. Le Poulpe se dégagea d'une roulade arrière mais, en se relevant, il lui restait à peine assez de souffle pour avoir peur. Les trois mecs le regardaient en rigolant. Ils n'étaient pas particulièrement balèzes mais ils avaient une façon de bouger à petits pas glissés en gardant leur garde basse qui démoralisa Gabriel. Il se força à ne pas penser à son flingue. Son bras droit pendait comme une andouille au séchoir et le gauche n'était pas assez rapide pour ce genre d'artistes. De toute façon, ils n'étaient pas venus pour le tuer. Ils allaient juste l'embarquer après lui avoir cassé quelques os à la santé de leur copain.

Gabriel se souvint des conseils d'un de ses potes de banlieue qui pratiquait la baston de rue comme une espèce de sacerdoce. Il chargea le mec le plus proche de lui en avançant le plus possible sur le coup. Au dernier moment, il pivota pour protéger son crâne et poussa un grognement sourd en s'écroulant pour le compte. Il supporta quelques commentaires désobligeants, encaissa un coup de latte dans les côtes sans broncher, se fit traîner sur une vingtaine de mètres sans gémir et attendit que son bras gauche soit bien dégagé pour balancer un atémi de Poulpe dans la gorge du connard qui essayait de le faire rentrer dans la voiture. Il traversa d'un bond la Mercedes dont les deux portes arrière étaient ouvertes et se fit un mal de chien en atterrissant sur sa mauvaise épaule. Quand il se redressa, il tenait son flingue beaucoup trop près du type qui l'avait suivi en passant par-dessus la voiture.

Gabriel souriait déjà crânement à la fatalité quand il entendit le sifflement des deux boules d'acier et le bruit un peu écœurant qu'elles firent en touchant leurs cibles.

Il se leva pour accueillir l'armée républicaine mais on avait déjà éteint les lumières.

17 – Où le Poulpe décide de retarder un peu l'agonie de l'éternité

Gabriel se réveilla dans les bras d'Annick. Il avait mal partout et se découvrit même des douleurs dans des coins de son corps dont il n'avait jamais entendu parler.

— Où suis-je ? fit-il d'une voix mourante.

— Merde, sa tête en a pris un coup, dit Jean-Marie.

— Dans mes bras, chéri, susurra Annick d'une voix de madone.

— Je le sais bien, rigola Gabriel. J'ai toujours eu envie de dire ça. C'est comme : « Suivez ce tax... »

— Crétin, fit Annick, vexée.

Ils étaient tous là. Même deux jeunes types beaux comme des dieux que le Poulpe identifia comme les fils de Jean-Marie et Mary-Lou.

— Je suppose que c'est les artilleurs, fit-il en souriant sans bouger les lèvres.

— Yann et Loïc, se rengorgea Mary-Lou.

— Bilan ? demanda Gabriel en fermant les yeux.
— Trois morts et un prisonnier, fit sobrement Loulou.
— Trois morts ! répéta le Poulpe, horrifié. Comment ça se fait, putain ?
— Demande au premier de la liste, répondit Jean-Marie. Tu lui as installé le pif au milieu de la cervelle. Les deux autres ont…
— Je sais. J'ai vu les billes d'acier arriver et j'ai reconnu la signature. Faites gaffe, ça va devenir une habitude.
— T'es gonflé. Si les gosses n'avaient pas été là, tu…
— Je sais aussi. Comment ils étaient là, au fait ?
— Ben, on se sentait tous un peu merdeux après ton petit numéro de sagesse orientale. On avait compris que t'avais compris mais on s'était tous juré de ne jamais le dire à personne… Bref, on était morts de trouille, quoi… Surtout après le coup du mercenaire… On savait bien que tu voulais nous aider mais on se demandait si tu allais accepter de couvrir un meurtre. Et puis Yvon nous a téléphoné pour nous dire que ça bardait salement sur la grande cale… Voilà.
— Putain, mais vous êtes dingues. Qu'est-ce qui vous a pris de prendre le sentier de la guerre ? Y avait pas d'autres moyens ?
— Lesquels ? On savait même pas ce qui se passait. Au début, on s'est dit que c'était que dalle et qu'il suffisait de faire un peu de barouf pour que ça se calme. J't'en fous. Ça a continué de plus belle jusqu'à…
— Jusqu'à risquer de vous retrouver tous en taule. Heureusement que le capitaine des flics de Port-Louis n'est pas un nerveux.
— Tu parles que c'est pas un nerveux. Il est de notre côté, oui.
Le Poulpe ferma les yeux. Il était tombé au milieu d'une bande de dingues encore plus fêlés que lui et c'était pas peu dire.
— Mais quel côté, bordel ? hurla-t-il en se faisant mal un peu partout. Qu'est-ce qui se passe dans ce putain de bled ?
— On n'en sait rien. Quelqu'un cherche à nous piquer un coin de côte qui vaut pas un clou et on sait ni qui ni pourquoi.
— Bon, fit posément le Poulpe. Mettez-moi droit que je puisse penser. J'ai l'impression d'avoir les neurones qui font la sieste.
On le mit droit. Gabriel eut l'impression d'être un sujet de T.P. pour infirmiers débutants mais on le mit droit.

— D'abord, où sont les cadavres ?

— Ils font la planche dans le port de Lorient. Job s'en est occupé.

— Job ! Putain, il est pas rancunier.

— Pourquoi il le serait ?

— Pourquoi ? Mais parce que vous avez coulé son rafiot, nom de Dieu !

Ils se mirent tous à gueuler. Le Poulpe finit par comprendre que ce n'étaient pas eux et qu'il n'avait toujours pas réglé le problème qui l'avait conduit dans cet asile de dingues.

— O.K., O.K., c'est pas vous. Passons à autre chose. C'est quoi ce nom grotesque ? ARRÊTEZ LE CARRELAGE ! Vous ne pouviez pas vous appeler Front de Libération de Kerletu, comme tout le monde ?

Dans un silence religieux, Jean-Marie marcha vers le jukebox d'où il tira ce qui ressemblait à une carte de la région partiellement recouverte de petits carreaux blancs.

— Regarde, Gabriel. C'est la carte que nous a laissée le druide avant de mourir.

— Le druide ?!?!

— Oui, le druide. T'as quelque chose contre les druides ?

Le Poulpe renonça à discuter. Il commençait à avoir très mal à la tête.

— Bon. Toute la partie de la côte couverte par les carreaux représente ce qui a déjà été bouffé par les promoteurs, le tourisme, les banques, le fric. Le golfe du Morbihan, La Trinité, Carnac, Larmor, Le Fort Bloqué, tout est carrelé ou va le devenir. Tu comprends ça, Gabriel ? Ils sont en train de nous carreler toute notre Bretagne comme une putain de salle de bains. Alors quand on a vu qu'ils s'attaquaient à Kerletu, on s'est foutus en rogne.

Fasciné, Gabriel regardait la carte. La Bretagne se carrelait petit à petit et, au milieu de cet univers aseptisé, la presqu'île de Kerletu apparaissait nettement comme un îlot de résistance, une tache dans un bloc opératoire, un cafard dans un Macdo, une merde dans la campagne suisse. Emerveillé, il se rendit compte que le Poulpe avait la chance de participer à un combat vraiment désespéré, une authentique lutte d'arrière-garde dont toute la noblesse résidait dans son absolue inutilité. C'était comme si on lui confiait la mission de soulager un peu l'agonie de l'éternité.

— J'ai compris, fit-il la gorge serrée. Où est le prisonnier ?

— Il est en train de recracher sa pomme d'Adam, fit Annick joyeusement.

— Bon. Gardez-le-moi au frais et écoutez bien ce que j'ai à vous dire.

Gabriel parla longtemps mais tout son discours ne fut qu'une déclinaison de ce qu'il était bien décidé à rabâcher à ces cinglés de Bretons jusqu'à ce que ça leur rentre dans le crâne.

En gros, ça se résumait à ceci : il y a peut-être quelque chose à faire pour Kerletu mais dégagez le plancher, tirez-vous, disparaissez, vaquez à vos occupations mais ne vous occupez plus de rien. Le mieux serait que vous partiez tous en vacances à la montagne mais il ne faut pas trop en demander. En tout cas, laissez-moi faire et remettez à perpète ce que vous aviez l'intention de faire aujourd'hui et demain. Si les menhirs s'étaient autant agités que vous, ils auraient fini comme presse-livres.

— Maintenant, trouvez-moi un toubib. Un vrai, pas un druide.

Annick s'offrit pour raccompagner Gabriel chez lui. Elle l'allongea sur le canapé et massa patiemment ses muscles endoloris. Gabriel s'abandonna au bien-être qui l'envahissait doucement.

Il trouva quand même la force de virer Annick quand elle s'attaqua à un muscle qui n'avait absolument pas été froissé pendant la bagarre.

18 – Où le Poulpe chasse le notaire

Gabriel mit une nuit, un jour et encore une nuit pour récupérer. Son bras droit n'était toujours pas au mieux de sa forme mais il pouvait actionner la poignée de gaz de la Norton et la détente du Remington, et le Poulpe ne lui en demandait pas plus.

Il réclama qu'on lui amène le prisonnier au matin du deuxième jour. Le pauvre type parlait comme si on lui avait passé les cordes vocales au papier de verre mais le Poulpe retrouva dans ses yeux un zeste de ce qui l'avait impressionné pendant la bagarre, ce qui, vu les circonstances, ne manquait pas d'un certain panache. Le Poulpe, bien qu'il s'en défendît et qu'il le considérât comme une valeur de classe réservée aux militaires défaits et aux aristos ruinés, n'avait pas horreur du panache. Il décida donc d'exploiter cette lueur de dignité douteuse et se retint de cogner bestialement sur l'immonde abruti qui lui faisait face.

— Tu es sans aucun doute un sac à merde indigne de vivre. Avant que tu n'entres, j'étais fermement résolu à faire précéder ma première question d'un coup de crosse dans ta gueule de nuisible. J'ai changé d'avis en te voyant. Ne me demande pas pourquoi, tu ne comprendrais sûrement pas la réponse. Je vais donc te demander de m'épargner la honte de te tabasser à mort. C'est tout simple, réponds franchement à mes questions et l'humanité aura progressé d'un saut de puce.

— Je t'emmerde, Van Pulpen, rétorqua le nervi. J'ai entendu tes potes parler de toi et tu m'as tout l'air d'être un de ces foutus idéalistes de merde que je hais et que je cogne chaque fois que je peux. Il se trouve que le pourri qui nous a engagés, mes potes et moi, mérite largement de se faire piétiner la gueule et que je me fous de qui fera le travail. Il nous a envoyés tabasser un merdeux de journaliste belge et on tombe sur un cogneur anarchiste et vicieux flanqué de deux pédales armées de frondes et de roulements à billes. Bilan, trois potes au tapis et 36 heures à me faire cracher dessus par des ploucs hystériques. L'enculé qui nous a mis sur ce coup s'appelle Henri Durieux mais ce déchet préfère Riton le Nantais. Il tient un claque dans le quartier de l'Arsenal. Le Green Parrot. Dis à ce pourri que tu viens de la part de Max et que je viendrai finir le travail dès que je serai libre.

Le Poulpe sourit largement.

— Eh ben, voilà. T'as préservé ta petite gueule en la fourrant dans le cul d'un pote. T'es pas une balance puisque t'es un guerrier bafoué. Comment vous faites, vous les fachos, quand vous avez plus de papier cul ? Vous vous torchez avec votre honneur et vous faites croire que c'est du sang séché ? Tu t'en sors bien, sac à merde. C'est les gens qui t'ont pris pour un dur qu'ont pas eu de pot.

Le Poulpe reboucla Max dans l'arrière-cuisine de Mary-Lou et repartit tout guilleret.

Sa première visite fut pour le notaire.

— Maître Le Couëdic, s'il vous plaît, fit-il aimablement à la grande blonde de la réception.

— De la part ? demanda-t-elle sans lever la tête.

— Du roi des Belges.

— Pardon ? fit-elle en montrant une frimousse que le Poulpe avait déjà vue dans le coffre-fort de l'étude.

— Ne vous excusez pas, ma jolie. C'est pas de votre faute.

— Maître Le Couëdic n'est pas disponible, balbutia la blonde. Si vous voulez prendre rendez-vous, il pourra peut-être...

— O.K., ma jolie. Je vais vous montrer en quoi la disponibilité des patrons n'est qu'une convention de plus dans un monde d'illusions.

Le Poulpe balança son bras gauche par-dessus le bureau et posa un doigt sur la touche de l'interphone.

— C'est le réparateur de chez Fichet, Le Couëdic. Je viens pour les photos. J'étais en train de me demander si celle où vous...

Gabriel reconnut tout de suite le notaire quand il le vit jaillir de son bureau en glapissant. Il était moins élégamment vêtu mais, sur certains clichés, il était aussi rouge.

— Qui êtes-vous... ? Qu'est-ce que vous voulez... ?

— Vous voir, mon bon notaire. Vous voir et surtout vous parler.

Gabriel repoussa le notaire dans son bureau avant de se retourner gentiment vers Roselyne.

— Qu'on ne nous dérange pas, mademoiselle. Et si vous entendez des cris, dites-vous bien que c'est moins grave qu'un licenciement collectif.

Le Poulpe referma la porte capitonnée. Le Couëdic avait déjà sorti son carnet de chèques.

— Vous voulez combien ? fit-il en s'efforçant d'avoir l'air méprisant.

— Que dalle, pauvre crétin. J'ai pris aucun double de vos photos et je me fous pas mal de ce qu'il y a dessus.

Le notaire n'eut pas l'air soulagé pour autant.

— Ça t'arrange pas, hein, crapule ? Tu te demandes sur quoi j'ai bien pu mettre la main. Héritage détourné ? Petite vieille escroquée juste pour l'argent de poche ? Fonds de tes clients utilisés pour tes propres spéculations ? Combien de saloperies tu caches dans tes armoires, cloporte ?

— Je ne vous permets pas de...

— Rassure-toi, je m'en fous. Je suis venu te parler de la Kerlinvest.

Le Couëdic esquissa un sourire. D'un geste de l'épaule, le Poulpe fit jaillir le Remington.

— Rigole pas trop vite, fit-il avec un sourire glacial. Je sais bien que tu sais rien. T'es pas admis dans la cour des grands et t'en crèves, hein ? Je veux juste que t'arrêtes tout. Plus d'actes, plus de menaces, plus de prospections, plus rien. C'est compris ?

— C'est impossible. Ils vont m'envoyer quelqu'un...

— Je m'en fous. Tu prends ta femme et tes gniards et tu te casses très loin tout de suite. Je suis pas un maître chanteur, notable de merde, je suis un tueur. Tu fais la différence ?

Le Couëdic ouvrit la bouche pour répondre mais ses sphincters furent plus rapides. Le Poulpe quitta la pièce en fronçant le nez.

— Ne rentrez pas tout de suite, glissa-t-il à l'oreille de Roselyne. Il a besoin de reprendre ses esprits. Je peux vous donner un conseil ?

Tétanisée, Roselyne fit signe qu'il pouvait.

— Evitez les photos avec ce genre de type. Il est capable d'aller les vendre à la sortie des écoles.

19 – Où le Poulpe retrouve de vieilles connaissances

Gabriel déjeuna copieusement dans un restaurant du centre-ville. Il était inquiet et l'inquiétude lui donnait toujours faim. En mangeant, il se repassa le film de son arrivée à Kerletu. Quelque chose le chiffonnait. Quelque chose qu'il avait oublié et qui revenait lui trotter dans la tête comme les premières mesures d'un vieil air oublié ou le titre d'un film qui s'échappe dès qu'il vous frôle le bout de la langue. Une connerie, sans doute, mais le Poulpe avait appris durement que c'était ce genre de connerie qui faisait la différence entre une aventure réussie et une débâcle qu'on reconstruit des heures et des heures quand le sommeil s'est fait la malle aux petites heures du jour et qu'on se demande comment on a pu laisser filer la vérité alors qu'elle était là, dans nos pognes.

Ça lui revint au moment de payer. Les deux clowns en Harley. Les deux minables qui avaient renoncé à leur baston du samedi soir pour un slogan idiot qu'il avait d'abord pris pour un radotage d'ivrogne. En lisant la plainte de Garec, il avait compris qu'ARRÊTEZ LE CARRELAGE était bien autre chose mais il avait oublié de se demander comment ces deux guignols connaissaient cette phrase et surtout pourquoi ils l'avaient prononcée devant lui avec un tel respect.

Gabriel trouva facilement le Joe Bike. Cinq bécanes étaient garées devant comme à la parade : le cul contre le trottoir et la roue avant orientée à droite. Il gara la Commando à côté d'un 500 monocylindre B.S.A. chopperisé jusqu'au ridicule et rentra dans le bar. Trois terreurs arrêtèrent de caramboler les billes d'un billard américain bouffé aux mites pour le regarder entrer. La salle était pleine de fumée, un juke-box clignotait dans le fond en gueulant plein pot un tube de Motorhead. Assis à une table, les deux Angelots de l'Enfer ricanaient d'un air dégagé.

Le Poulpe avança d'un pas raide. Son épaule droite lui faisait mal et ce n'était pas le Remington fixé sous son aisselle qui lui assouplissait la démarche.

— Norton Commando, fit un des joueurs de billard en exhibant une belle rangée de chicots pourris par la nicotine. J'ai reconnu le putain de son des Dunstall.

Ses cheveux longs et gras tombaient sur les épaules de son Perfecto noir. Il avait deux larmes tatouées sous l'œil droit et son front portait fièrement la devise *Born to ride* gravée à l'encre bleue.

— Bien vu, apprécia le Poulpe. C'est à toi la Victor ?

— Ouais, se rengorgea le tatoué. 500 mono réalésé en 6 1/2. T'as vu le carbu de la bête ?

— Dell'orto, sourit le Poulpe. Avec ça, tu risques pas d'user ton pneu avant.

— C'est à peine s'il effleure le plancher, mec. C'est toi qui zones du côté de Kerletu... ? Slim et Fatty se demandaient si tu les avais oubliés.

— Pas de danger, fit le Poulpe en se dirigeant vers la table des deux Hell's de Ploucland.

— Explique-leur les vertus de la mécanique anglaise, ricana le tatoué. Ces deux nazes en sont encore à confondre puissance et obésité.

— Les deux nazes t'emmerdent... beugla Slim sans conviction.

Il regarda le Poulpe arriver jusqu'à eux avant de souffler à voix basse :

— ... T'es venu pour la baston, mec ?

— Quelle baston ? sourit gentiment Gabriel.

— Ben, cette histoire de tombereau de merde... Je crois qu'on était un peu bourrés, mec... Tu sais ce que c'est, non ?

— C'est déjà oublié, les gars. Je suis juste venu éclaircir un point de détail.

Les deux nazes se regardèrent en silence. Le Poulpe pouvait presque voir les points d'interrogation planer au-dessus de leurs crânes.

— Ça me trotte dans la tête depuis l'autre fois, poursuivit Gabriel. C'est quoi cette phrase à la con que vous m'avez balancée ?

— Quelle phrase ? firent-ils à l'unisson.

— ARRÊTEZ LE CARRELAGE ! C'est quoi cette connerie ?

— Qu'est-ce que ça peut te foutre ? fit Fatty après un très long moment de réflexion.

— Ça, ça me regarde, les gars. Les questions, c'est moi qui les pose.

Toujours à l'unisson, ils échangèrent ce qui s'approchait le plus d'un regard intelligent.

— T'es flic ? firent-ils avec un bel ensemble.

— Non, mais j'ai de quoi payer, sourit le Poulpe en sortant ses biftons.

Gabriel regarda ailleurs pendant que les deux clowns se concertaient à voix basse.

— Combien ?

Gabriel déchira deux billets de cinq cents balles.

— Ça, c'est pour amorcer la pompe, fit-il en glissant les demi-Pascal sous un rond à bière. Pour le reste, c'est à vous de voir.

C'est Slim qui s'y colla. Il se pencha vers le Poulpe et se mit à parler sans cesser de mater les joueurs de billard.

— Au début, on a cru que c'était un groupe de rock qui faisait de la pub... Un truc du genre de *Joe Butagaz et ses Brûleurs*, si tu vois ce que je veux dire... Un nom pareil, c'était signé rock n'roll. D'autant que les types mettaient le paquet à coups de tracts et de bombages. Quand ils se sont mis à cramer des bagnoles, on s'est dit qu'on tenait un super groupe trash qui se la jouait façon Texas ou Alabama... Le genre *Lynird Skynird*, si tu vois ce que je veux dire... On a cherché à se mettre sur le coup... Ces mecs avaient sûrement besoin de deux roadies capables de trimballer les amplis et d'aller à la baston contre un salaire de merde... Le genre de merde qui se roule à l'OCB ou qu'on s'envoie dans le pif, si tu vois ce que je veux dire... On se gaffait bien que le spot était du côté de Kerletu mais on n'a rien trouvé... On a zoné comme des fous pour que dalle, si tu vois ce que je veux dire. C'est après qu'on a compris.

Slim se tut. Il regarda son pote puis les joueurs de billard avant d'avancer la main vers les demi-biftons.

— Compris quoi ? fit le Poulpe en raflant la mise avant lui.

— Que le groupe était un peu trop trash pour nous, mec, si tu vois ce que je veux dire.

— Fais comme si je voyais pas.

— Une nuit, on s'est fait gauler par les flics à la sortie du Polygone... Enfin, y avait qu'un flic mais c'était un gros... Un gradé, si tu vois ce que je veux dire... Il nous a demandé ce qu'on foutait à rôder dans le coin et quand on lui a parlé d'ARRÊTEZ LE CARRELAGE, il nous a montré un article de *Ouest-France* qui parlait du type qu'on a retrouvé mort dans le bassin de Keroman. «Il cherchait la même chose que vous, il a fait. Si ça vous suffit pas, jetez donc un coup d'œil sur le journal d'après-demain.» Il nous a laissés filer. C'était la veille du coup de *La Belle Bretonne*, si tu vois ce que je veux dire...

Le Poulpe ne voyait plus rien mais il fit comme si.

— Et ça ne vous a pas empêchés de revenir faire les cons à Kerletu? Vous êtes têtus comme mecs.

— Merde, mec. C'était le seul endroit où y avait de la musique, plaida Fatty.

— Même que tu nous as foutu une sacrée trouille, renchérit Slim. On a bien cru que t'allais nous... Enfin, tu vois sûrement ce que je veux dire.

— Ouais. Continuez à le croire, les gars. La trouille est un excellent moyen de rester en vie.

Gabriel s'offrit une petite bière avant d'aller rendre visite à Riton le Nantais. Il avait l'impression de pratiquer la brasse coulée dans une lessiveuse de potage. Non seulement les cinglés de Kerletu avaient fait sauter le bateau d'un des membres de leur bande mais le capitaine de la gendarmerie de Port-Louis, car le Poulpe était sûr que c'était bien lui qui avait coincé les deux guignols, était dans le coup jusqu'aux galons de son képi.

Gabriel imagina Job fonçant droit sur la mine avant de sauter tout habillé dans l'eau glacée. C'était absurde. Et pourquoi cette horde furieuse d'allumés du cigare continuait-elle à lui mentir? A moins qu'ARRÊTEZ LE CARRELAGE et le flic ne poursuivent pas du tout le même but et que le gendarme se soit servi du renom de l'organisation pour couvrir ses propres agissements. Ça ressemblait bien à un coup tordu de flic. Il ne restait plus qu'à comprendre l'intérêt qu'il y avait à mettre en contact un vieux chalutier et une mine nazie et, sur ce sujet, le Poulpe était aussi sec qu'au premier jour.

20 – Où le Poulpe fout le bordel dans un boxon

Le Poulpe entra au Green Parrot et referma soigneusement la porte à clef derrière lui, coupant net du même coup les trois sourires automatiques et vénaux des deux putes et du barman.

— Tu te crois où, Ducon? fit aimablement le barman en agitant un nerf de bœuf.

Il avait le teint buriné d'une endive et l'air sain d'un type habitué à ne voir le jour que la nuit.

— Chez Riton le Nantais, Dugland, rétorqua le Poulpe sur le même ton. Ça nous met à égalité. Maintenant, c'est comme tu veux. Tu vas le chercher à pied ou tu préfères y aller en rampant?

Gabriel n'avait pas cru utile de sortir son Remington. Il avait tablé sur la psychologie universelle des loufiats de bordels à saisir l'urgence de certaines situations et, une fois de plus, il avait eu raison. Le barman lâcha son goumi et fila par la porte de derrière.

— Vous êtes ravissantes, mesdemoiselles, fit le Poulpe aux deux putes médusées. Pour ne pas être tenté par vos charmes, je suggère que vous les trimballiez à l'autre bout de la pièce et que vous la fermiez énergiquement jusqu'à nouvel ordre.

Ce qu'elles firent sans piper.

Riton le Nantais était lui aussi un fin psychologue. Il fixa brièvement les deux canons du Remington et sourit en laissant ses mains bien en vue.

Gabriel fouilla rapidement le barman avant de l'envoyer tenir compagnie aux deux putes.

— Gabriel Van Pulpen, se présenta le Poulpe. Je suis le type à qui vous...

— Je sais, coupa Riton sans bouger un cil. Rien de personnel, croyez-le bien. Juste une commande... Vous savez ce que c'est?

— Parfaitement. Rien de personnel non plus. Dites-moi de qui venait la commande et je m'en vais aussi discrètement que je suis venu.

— C'est impossible, monsieur Van Pulpen. Dans mon métier, on est tenu au secret professionnel.

— Et pourtant, je suis là. Vos employés ont moins de scrupules que vous.

— C'est possible. Les temps changent et...

— Tu commences à me faire chier, Riton, soupira le Poulpe. Un vieux malfrat comme toi devrait sentir les fluctuations de la météo. C'était quoi ton contrat ?

Le Nantais prit son temps avant de répondre.

— Foutre la trouille à un journaliste trop curieux, souffla-t-il.

— Et tu t'es pas posé de questions sur le bilan de l'opération ? Trois morts et un survivant qui t'a balancé sans se soucier des conséquences... C'est un peu cher pour un simple journaliste, non ?

— Si. Je peux bouger ?

Le Poulpe hocha la tête. Sans faire un geste de trop, le Nantais attrapa deux verres et une bouteille de scotch.

— Je me suis dit que ça coinçait quand j'ai lu le journal, fit-il en remplissant les verres. Comment va Max ?

— Beaucoup moins bien que toi mais ça peut changer.

Le Nantais sécha son verre cul sec. L'alcool lui redonna des couleurs.

— Je peux rien pour vous, mon vieux. J'ai juste reçu un coup de biniou et...

— Je crois que t'as pas compris, Riton, fit doucement le Poulpe. Ton commanditaire t'a baisé jusqu'au trognon. Il t'a envoyé jouer dans la cour des grands... Des très grands, même. Je te toucherai pas, Riton. Je suis juste venu te proposer un deal.

— Quel deal ?

Le Poulpe sourit. Le Nantais commençait à les avoir salement à zéro.

— Tu me dis qui t'a payé et on te laisse le temps de disparaître...

— Sinon... ?

— Sinon tu le dis quand même aux gens qui m'envoient. Ce sera plus cher, beaucoup plus cher... T'as pas une bière, plutôt que ce poison... ?

Riton s'envoya le verre de scotch du Poulpe. Cette fois-ci, l'alcool n'eut aucun effet notable sur son teint.

— Blonde ou brune... ? Mais putain, c'est qui ces gens ?

— Rousse, je préfère... T'as entendu parler de ce vieux rafiot qu'a sauté sur une mine... Ouais... Et je suppose que tu t'es pas demandé pourquoi on avait pris la peine de l'envoyer par le fond... Non... Eh bien, disons que les gens pour qui je travaille savaient qu'une barcasse bourrée de matériel très sophistiqué était en train de rôder autour du Polygone de Kerletu... Tu connais le Polygone, Riton ? Tu sais ce qu'on y fait ?

— Des tirs, fit le Nantais qui commençait à additionner deux et deux et qui n'avait plus du tout envie de connaître le résultat.

— Exact, Riton. On y tire des pralines très spéciales avec des engins si spéciaux que le Président tient à en garder les plans dans le tiroir de sa table de nuit. Maintenant tu piges dans quoi t'as mis les pieds, mon Riton ?

La carnation de Riton le Nantais rappelait celle d'un morceau de gorgonzola. Gabriel en rajouta une louche, juste pour le plaisir.

— Je me pointe sous une fausse identité et, comme par hasard, tu m'envoies tes spadassins... De là à conclure que t'es de mèche avec la puissance étrangère qui... Mais t'en sais assez comme ça, mon Riton. Alors ? Tu restes ou tu pars en vacances ?

21 – Où le Poulpe décide de faire comme s'il avait compris...

Gabriel trouva un bistrot en face de l'immeuble qui abritait les locaux de la SOLOPRO et s'offrit une bière à la santé du Nantais. C'était un petit immeuble de bureaux planté en plein centre de Lorient. Rien de bien flambant ni de bien cossu. Rien qui soit de nature à évoquer la puissance sauvage et capitaliste que le Poulpe s'apprêtait à affronter. Et encore, la SOLOPRO n'occupait que le dernier étage de l'immeuble...

Le Nantais avait tout craché très vite. C'était la SOLOPRO qui avait commandité le contrat contre le journaliste belge et la SOLOPRO c'étaient deux types, Husson et Montecino, qui avaient débarqué à Lorient il y a un peu plus d'un an. Montecino était un grand consommateur de cul et c'est comme ça que le Nantais l'avait connu. C'était tout. Le Nantais l'avait juré et le Poulpe l'avait cru parce qu'un homme qui se retient de se faire dessus n'a pas le cœur à mentir.

Société Lorientaise de Promotion, c'est ça que ça voulait dire. Gabriel entra dans l'immeuble, prit l'ascenseur, appuya sur le bouton du cinquième et sonna à la porte d'entrée de la SOLOPRO. Une brave dame emballée dans un sac gris qui ne laissait dépasser que ses extrémités vint lui ouvrir. L'humeur de la dame avait l'air aussi sombre que le hall dans lequel elle le fit pénétrer. Il demanda à voir M. Husson ou M. Montecino de la part de Gabriel Van Pulpen et attendit, le cul posé sur un méchant canapé, qu'on vienne le chercher.

La salle d'attente sentait à la fois la poussière et l'encaustique. Elle était décorée de croûtes hideuses, des natures mortes pour la plupart, sous lesquelles l'artiste, manifestement le même, avait soigneusement calligraphié le titre de l'œuvre et sa date de création. Gabriel resta longtemps rêveur devant une toile qui s'intitulait fièrement : *Coucher de soleil sur une douzaine d'œufs.*

Il feuilleta trois magazines ayant largement dépassé la date limite de consommation avant de se décider à cogner à la porte de la brave dame.

— Ils arrivent, monsieur Van Pulpen, ils arrivent, fit-elle en refermant précipitamment le tiroir de son bureau.

Le Poulpe se dit qu'au jour elle avait de la barbe et qu'aucune femme ne pouvait accepter de porter une robe aussi moche sans être un homme. Il songeait à dégainer son Remington mais il jugea plus prudent de lever les bras devant l'énorme 44 que brandissait la dame.

— Ne bouge pas, Van Pulpen, fit le mec en robe grise. Je ne sais pas d'où tu sors mais je n'hésiterai pas à t'y renvoyer.

Gabriel se serait bien foutu des baffes. Il se contenta de rester parfaitement immobile.

— Eh bien, monsieur Van Pulpen, ne dit-on pas que la montagne finit toujours par venir à Mohamed ?

Husson avait l'air vachement content de lui. Ses dents parfaites étincelaient dans son visage bronzé de beau gosse élevé au golf, au tennis et à tout ce qui faisait rêver les pauvres. Le Poulpe se dit que, le moment venu, il allait adorer marcher sur ce sourire avec des chaussures à clous.

— Mahomet, laissa-t-il tomber.

— Qu'est-ce qu'il dit ? demanda Montecino.

Il était plus vieux qu'Husson et la saloperie avait eu le temps de s'attaquer à ses traits. Il portait les stigmates de la pourriture comme les habitués du Pied de Porc à la Sainte-Scolasse portaient ceux de la bienveillance.

— La montagne, c'est à Mahomet qu'elle vient, crétin, précisa le Poulpe avec un sourire arrogant.

Il ramassa une torgnole de la main manucurée d'Husson. Ça faisait mal mais Gabriel adorait qu'on donnât au Poulpe des raisons d'oublier sa douceur naturelle.

Ils s'étaient pointés peu de temps après l'épisode du travelo gris. Le Poulpe avait été rapidement délesté de son artillerie par les trois malfaisants qui, baffes à l'appui, lui avaient expliqué les rouages du traquenard. La SOLOPRO n'était qu'un leurre et ses bureaux qu'une nasse. La véritable organisation était ailleurs mais ni le Nantais ni personne d'autre n'en savait plus. La SOLOPRO était un piège à cons et le Poulpe avait foncé droit dedans. Une seule chose était sûre, ils ne savaient rien de son expédition chez Riton.

— Qu'est-ce que vous savez et comment l'avez-vous su ? demanda Husson en s'écoutant voluptueusement parler.

— Vous avez fait Sciences-Po, non ? fit Gabriel.

— Si, ronronna Husson. Ça se voit donc tant que ça ?

— Vachement. Quand j'étais à la fac de lettres on disait Sciences Pot, avec un t au bout.

— Et pourquoi ?

— Parce que vous parlez comme les autres chient. Vous arrondissez bien le trou mais c'est toujours de la merde qui en sort.

Montecino pouffa de rire, pas Husson. Il cogna sèchement la bouche de Gabriel avec sa chevalière. Du sang pour une insolence, se dit le Poulpe qui, de toute façon, ne savait rien de ce que les autres croyaient qu'il savait.

— Vous êtes foutus, ricana-t-il en crachant un jet de sang sur le beau costard d'Husson. Ils en ont déjà zigouillé quatre et c'est pas fini.

— Qui ça, ils ? hurla Montecino.

— ARRÊTEZ LE CARRELAGE, pauvre andouille. Ils ont tout le monde avec eux. La population, les flics et même une bande de druides.

— Les flics ? fit Husson, inquiet.

— Comment tu crois qu'ils s'en sortent, débile de luxe ? Tu t'imagines quand même pas que j'ai lâché le morceau à cause d'une bande de ploucs.

— Quel morceau ? fit Montecino qui commençait à perdre sérieusement pied.

— Le mien, crétin. Le vôtre, le nôtre, quoi. Celui qui m'a fait venir dans ce trou perdu.

Le Poulpe dégusta le silence qui suivit. Husson et Montecino se regardaient en faisant des ronds avec leurs bouches.

Saisi par l'ambiance, le porte-flingue en robe grise pencha la tête d'un air furieusement pensif.

— T'es pas avec eux ? fit Montecino.

— Je suis avec moi, Dugland. C'est ce que j'étais en train d'expliquer aux quatre mongoliens que vous m'avez envoyés quand ils nous sont tombés dessus. Trois morts et un qu'on garde pour causer. Des furieux, je vous dis.

— Et toi ? fit Husson en grinçant des dents. Tu t'en es sorti comment, toi ?

D'un mouvement de tête, le Poulpe désigna son artillerie.

— J'avais de quoi leur tenir tête. Le Couëdic a déjà foutu le camp et j'aimerais bien en faire autant avant qu'ils déboulent ici. Avec ce que leur a dégoisé le nommé Max, ça ne devrait plus tarder.

— Pas de danger, c'est cloisonné.

— Ben, vous feriez mieux de vérifier l'étanchéité de vos cloisons. C'est moi qui vous le dis.

Montecino fonça dans le bureau du type en robe grise. Il avait l'air un peu préoccupé.

— Qu'est-ce que t'es venu foutre ici ? fit Husson. Comment t'as trouvé l'adresse, d'abord ?

— Une question à la fois, tergiversa le Poulpe en faisant fonctionner ses neurones à la vitesse d'une flamme cavalant sur un cordon Bickford. Je suis venu vous taper un peu de pognon avant de repartir. Un petit dédommagement, quoi.

— Un petit chantage, plutôt, fit Husson, mordant à l'hameçon avec une ardeur et une spontanéité qui ravit le Poulpe.

— C'est ça. Je me suis dit que...

— Le Nantais a mis les voiles, coupa Montecino en bavant sur sa cravate. Un type qui ressemble à Van Pulpen lui a parlé dix minutes et il a filé en se tenant les boyaux.

— Je vous avais bien dit que vos cloisons prenaient l'eau, triompha le Poulpe.

— C'est toi qui as fait des trous dedans, grinça Montecino en attrapant la Remington.

— Fallait bien que je vous trouve pour vous faire chanter. J'ai acheté vos cogneurs avec mes dernières économies. Ça change quoi, de toute façon ? Vous croyez vraiment que Max va taire sous la torture ce qu'il m'a vendu pour une poignée de biftons ?

Gabriel avait l'impression de marcher au kérosène. Il fonçait si vite dans le schwartz absolu qu'il prit le temps de freiner pour laisser aux autres une chance de lui recoller au train. Le porte-flingue en robe grise avait déjà posé le pied par terre. Husson et Montecino ne valaient guère mieux mais ils continuaient vaillamment à pousser sur les pédales.

— Une minute, fit Husson hors d'haleine. T'es venu faire quoi à Kerletu ?

— Ça, je l'ai déjà dit au petit gros qui bossait pour le notaire. Il vous a pas mis au courant ?

— Si, mais j'aime autant tout reprendre à zéro.

— Encore un de ces trucs de chef qu'on apprend à Sciences-Po, hein ? fit le Poulpe en lançant une œillade admirative à ce pauvre connard d'Husson. Je suis venu m'en mettre plein les fouilles en achetant pour rien des maisons que je revendrai très cher après.

— Après quoi ? balbutia Montecino.

— Après le coup, pardi. Ho, qu'est-ce qui vous prend, les gars ? Si vous me faites raconter ce qu'on sait déjà, on n'est pas près d'en finir.

— O.K., O.K., fit Husson d'un ton harassé. Et comment t'as su qu'un coup se préparait ?

Nous y voilà, se dit le Poulpe à l'instar du type qui se balançait devant le vide après avoir parié ses couilles qu'il sauterait de la tour Eiffel avec une ombrelle.

— En lisant le journal, fit-il en fermant les yeux. Quand j'ai lu que *La Belle Bretonne* avait enfin sauté sur une mine, j'ai su que le couvert était mis.

Il attendit que le silence fût solidement établi pour entrouvrir les paupières. Les deux toxiques étaient déjà K.-O. debout. Le reste n'était plus qu'une question de jeu de jambes.

22 – Où le Poulpe papote avec un gendarme

Il faisait nuit quand le Poulpe quitta le ring. Il venait de gagner un terrible combat. Il ne lui restait plus qu'à en saisir les règles, les enjeux et surtout l'utilité. Sa victoire à l'aveuglette ne l'avait pas fait avancer d'un pouce dans la compréhension d'une partie qu'il menait tambour battant sans rien savoir de la situation des pièces, de leurs valeurs, ni même de leurs couleurs. C'était rigolo au début mais là, ça commençait à être franchement chiant.

Bien que complètement largués, Husson et Montecino

n'avaient rien lâché sur le mystérieux coup qui allait transformer Kerletu en Eldorado de l'investissement immobilier. Pour ce qu'en savait Gabriel, les opérations en cours étaient parfaitement légales et les méthodes employées, certes expéditives, n'outrepassaient pas beaucoup celles généralement admises par la profession. Le Poulpe avait déjà eu l'occasion d'observer le savoir-faire des promoteurs dans les vieux quartiers de Paris. Menaces et intimidations faisaient partie de leur panoplie et jamais la force publique n'avait donné tort aux exploiteurs. Plus grave, le coup que préparaient ces deux salopards avait, lui aussi, de bonnes chances d'être couvert par une légalité élastique. Le renseignement était depuis longtemps la force principale des gouvernements et des hommes d'affaires. Il suffisait de savoir avant tout le monde pour anticiper et rafler la mise avant tout le monde. L'ancienne loi de la jungle était devenue la loi du marché. Plus grave encore, c'étaient les exploités qui s'étaient mis du mauvais côté de la loi et ils n'y avaient pas été avec le dos de la cuillère : quatre meurtres, un enlèvement, une ou deux agressions caractérisées, quelques incendies de véhicules et un raton laveur. Le Poulpe n'aimait pas du tout ce raton laveur. Comme dans le poème de Prévert, il jouait le rôle de l'intrus dans une liste dont il finissait par devenir l'élément incontournable. Tout se passait comme si le naufrage de *La Belle Bretonne* n'avait rien à voir avec ce qui se passait à Kerletu. Le Poulpe n'était ni un ennemi de la coïncidence ni un fana de la nécessité, mais il avait un peu de mal à admettre qu'un fait divers aussi étrange ne soit pas en rapport étroit avec l'étrange situation d'un étrange village.

Gabriel fit un détour par Port-Louis. Il fit même un détour par la gendarmerie et ne fut donc que très modérément surpris de voir que la fenêtre du bureau du capitaine était encore éclairée.

Comme à l'accoutumée, le flic le reçut avec une affabilité teintée d'ironie.

— Ah, monsieur Van Pulpen, toujours à courir les routes. Vous auriez fait un excellent gendarme, soit dit sans vous vexer.

— Me vexer ? Je ne vois pas comment vous pourriez me vexer en me comparant à vous.

— Vous êtes gentil, sourit le capitaine. Avouez quand même que vous cultivez plus les vertus de l'anarchie que celles de la discipline des armées.

— Je pourrais vous répondre que l'anarchie est la plus intransigeante des disciplines mais j'aime mieux parler de vous.

— De moi ?

Le Poulpe chercha le regard du flic avant de poursuivre. Il n'y lut qu'une innocence replète. Celle d'un matou digérant une souris.

— On a encore repêché trois cadavres dans le port de Keroman. Deux ont été tués comme l'ancien mercenaire et le troisième avait les os du nez plantés dans le cerveau. Ça ne trouble pas votre sens de l'ordre, cette épidémie de morts violentes ?

— Si, bien sûr. Rassurez-vous, la P.J. de Lorient enquête mais le fait que toutes les victimes soient plus ou moins des repris de justice ne leur facilite pas les choses.

— Et vous ? Comment leur facilitez-vous les choses ?

— Qu'est-ce que vous cherchez à me dire, monsieur Van Pulpen ?

— Que si vous étiez un gendarme normal, il y a longtemps que Kerletu serait plus fliqué qu'un congrès national de l'Organisation Révolutionnaire Anarchiste.

Le capitaine se bascula en arrière et croisa les mains sur son ventre. Son regard n'avait plus rien de replet. Le Poulpe fut étonné par la violence qui émanait soudain de ce bonhomme tout en rondeur. Il se demanda brièvement s'il n'avait pas poussé le bouchon un peu loin.

— A moi de vous poser une question, Van Pulpen. Si vous étiez à ma place, comment feriez-vous pour faire respecter l'ordre sans nuire gravement à la justice ?

— Je ne suis pas à votre place.

— Ah bon ? Parlons de la vôtre, alors. Vous êtes un défenseur de l'objectivité de l'information, non ? Votre boulot, c'est de rendre compte des faits, pas de les dissimuler au profit de je ne sais quel idéal. Pourquoi vous ne publiez pas ce que vous savez sur ARRÊTEZ LE CARRELAGE ? Ça faciliterait l'enquête des flics de Lorient, non ?

Gabriel avait chaud. Il aurait bien enlevé sa veste de cuir sans ce putain de Remington qui n'avait pas grand-chose à faire sous l'aisselle d'un honnête journaliste.

— Je ne suis pas journaliste, fit-il brusquement.

— Peu importe ce que vous êtes. Nous nous comprenons parfaitement sans avoir besoin de nous confesser mutuellement. Je suis un brave gendarme qui ne s'occupe que des cadavres qui poussent sur son territoire. Vous êtes un enquêteur un peu exalté qui traque la vérité pour occuper ses temps libres.

— C'est tout à fait ça, soupira Gabriel. L'ennui, c'est que plus j'enquête et moins je comprends.

— C'est une chose qu'on peut discuter entre amis, fit le capitaine en retrouvant son sourire et sa bonhomie de matou. Je suis sûr que vous n'avez rien contre une bière bien fraîche.

Il se leva d'un coup. Gabriel le regarda disparaître dans les profondeurs de la gendarmerie quasi déserte. Drôle de type, songea-t-il en regrettant presque que le sort ait fait de cet homme redoutable l'allié du Poulpe plutôt que son adversaire.

— J'ai pas trouvé de verres, s'excusa le gendarme en lui tendant une canette de Kro. Mais les Belges ne s'arrêtent pas à ce genre de détail...

Il laissa sa phrase en suspens. Comme si elle attendait un démenti. Le Poulpe se contenta de sourire. Ce rusé salopard avait bel et bien pris ses renseignements avant de laisser un énergumène arpenter son territoire avec un fusil à pompe planqué sous sa veste.

— Je suis remonté jusqu'aux promoteurs, fit Gabriel. Le hic, c'est qu'ils nagent en pleine légalité. Ils se contentent d'acheter tout ce qui traîne à un cours tout à fait raisonnable. Ils savent qu'un événement va faire grimper les prix mais prévoir n'est pas un délit.

— Sauf si l'événement lui-même est frauduleux. J'ai retourné le problème dans tous les sens et je n'ai trouvé qu'un seul événement capable de transformer Kerletu en mine d'or...

Il laissa à nouveau flotter sa phrase. Comme un sublime cabot, se dit le Poulpe en se trémoussant sur sa chaise.

— ... C'est que l'armée vende le Polygone de tir.

— C'est possible ? fit Gabriel.

— A priori, non. C'est bien ce qui rend l'hypothèse séduisante. Si l'opération devait se faire dans des conditions normales, je le saurais immédiatement et les officiers qui bossent sur le site le sauraient aussi. Or, personne ne sait rien...

— C'est peut-être parce qu'il n'y a rien à savoir.

— Possible, mais ça ferait quand même une sacrée tartine de moelle... Supposez un instant que ces deux ordures aient un complice en très haut lieu qui puisse à la fois garantir la vente et le secret. Il pourrait bricoler un semblant d'adjudication publique et la Kerlinvest empocherait tout le terrain pour un prix tout à fait correct. On ne parle plus d'une poignée de maisons mais d'hôtels, de bungalows, de tennis... Dix kilomètres de plage superbe et le port de pêche transformé en marina... Une saloperie sans nom mais un gigantesque coup de fric...

— Ça fait un bon moment que vous pensez à ça, hein? fit froidement le Poulpe. Qu'est-ce qui vous a empêché de porter le pet au ministère?

— Vous rigolez? Entre un capitaine de gendarmerie et un gratte-papier du ministère il y a plus d'espace qu'entre la Terre et les confins du système solaire. Quand ma note arrivera, à supposer qu'elle arrive un jour, les touristes auront délaissé Kerletu pour les bains de poussière de Jupiter. Rien à espérer de ce côté-là. Si mon hypothèse est la bonne, vous êtes la seule arme de Kerletu.

— Je vois, fit le Poulpe en grimaçant. Vous gardez le troupeau mais vous ne cavalez pas après le loup. Courageux mais pas téméraire.

Le capitaine haussa les épaules.

— Chacun sa place, Van Pulpen. Je suis coincé sous des tonnes de paperasses et de conventions multiples. Quand je lève le doigt, c'est l'Etat tout entier qui demande à aller pisser. Vous, c'est à peine si vous existez. Un journaliste belge un peu farfelu qui se passionne pour le naufrage d'un vieux chalutier...

— ... Causé par une mine allemande, quand même. Vous n'auriez pas aussi une hypothèse sur le sujet, par hasard?

— Tout finit par s'expliquer, Van Pulpen. *La Belle Bretonne* est déjà au fond, tandis que Kerletu...

— J'ai compris, fit le Poulpe en se levant. J'ai juste besoin des adresses et des téléphones d'Husson et de Montecino. C'est possible sans déranger des tonnes de paperasses?

— Tout ce que vous voudrez, sourit le capitaine.

23 – Où le Poulpe se fait maquereau

— Es-tu prête à te prostituer pour moi? demanda Gabriel à Annick.

— Tout de suite? répondit-elle en soulevant sa robe.

— J'ai dit pour moi, pas avec moi.

Dix minutes plus tard, ils fonçaient à fond de Norton sur la route de Lorient.

Quand le Poulpe pénétra dans la salle du Green Parrot, les conversations s'arrêtèrent net et le barman s'évanouit.

Le Poulpe se dirigea vers les deux putes.

— Laquelle de vous deux a le plus l'habitude de Marcel Montecino ? demanda-t-il.

Elles levèrent toutes les deux la main sans le moindre enthousiasme.

— Suivez-moi dehors. Rassurez-vous, ce n'est qu'une consultation.

Devant le claque, le Poulpe présenta Annick aux deux filles.

— Ecoute bien ce qu'elles te disent. Tu en auras besoin pour te faire ouvrir la porte.

Gabriel s'éloigna discrètement pendant la leçon.

— C'était pas trop pénible ? lui demanda-t-il quand elle remonta sur la Norton.

— Ça dépend du cobaye. En tout cas, j'ai pas appris grand-chose. T'es sûr qu'elles sont vraiment du métier ?

Un peu plus tard, le Poulpe gara la Norton à une centaine de mètres de la villa de Montecino. Il laissa Annick aller seule jusqu'à l'interphone et s'obligea à ne rien entendre de la conversation.

Annick lui fit signe que l'affaire était dans le sac.

— T'as honte ? fit-elle quand il l'eut rejointe.

— Un peu.

— Pas moi. Ce salaud va apprendre à conjuguer le verbe tirer la langue.

La porte du jardin s'ouvrit avec un bruit électrique et Annick s'avança dans l'allée éclairée pendant que le Poulpe se faufilait dans l'ombre.

— Pas de chiens, murmura-t-il. C'est déjà ça.

Une dame mûre en robe noire et tablier blanc attendait Annick sur le pas de la porte. Elle la fit entrer et referma soigneusement derrière elles.

Le Poulpe se glissa jusqu'à la porte. C'était un gros machin plus blindé qu'un panzer. Le Poulpe sourit. Les gens qui cadenassent leur porte pensent rarement aux fenêtres.

Il agrippa un tronc de vigne vierge et grimpa sur la terrasse du premier étage. La porte-fenêtre était fermée. Le Poulpe cogna légèrement contre la vitre. Ça sonnait comme du verre armé. Le Poulpe se recula pour voir la façade. Une lucarne ouverte lui clignait de l'œil. Il lui fallut moins d'une minute pour poser les pieds sur la lunette des chiottes de Montecino.

Le couloir était désert.

— J'en ai déjà vu de plus grosses, minaudait la voix d'Annick. Mais c'était à la ménagerie du cirque Pinder...

Elle avait l'air de s'amuser comme une folle et Gabriel ravala ses remords. Il les ravala d'autant plus vite qu'il toucha le gros lot presque tout de suite. C'était dans la chambre du maître. Une petite maquette dans laquelle le Poulpe crut d'abord reconnaître Saint-Tropez mais qui, après examen, se révéla être une caricature de Kerletu. Tout le cauchemar du gendarme était là: les hôtels, la marina, les tennis, les bungalows et même un centre de thalasso qui se dressait fièrement sur les ruines de ce qui avait été Porh Guerh. Le Poulpe résista à l'envie d'écraser le monstre.

Une fois dans la rue, il se précipita dans une cabine téléphonique.

— Marcel Montecino à l'appareil, fit une voix très essoufflée.

— Annick est là? demanda Gabriel avec l'accent américain.

— Qu'est-ce que ça peut vous foutre?

— A moi rien. C'est elle qui a oublié ses médicaments.

— Quels médicaments? fit Montecino un peu inquiet.

— Ceux pour le... Le truc... Vous savez bien de quoi je veux parler, bon Dieu!

Il raccrocha en ricanant férocement.

Il était à peine plus de minuit quand la Norton reprit la route de Kerletu.

— Qu'est-ce qu'on fait maintenant? fit Annick en regardant Gabriel comme le loup regarde le Petit Chaperon rouge.

— On dort, mon enfant.

— Youpiiii!!

Il n'avait jamais vu quelqu'un se déshabiller aussi vite. Elle était nue avant qu'il ait eu le temps d'enlever une de ses bottes.

— Tu ne rentres pas chez toi?

— Pour quoi faire? fit-elle en se glissant dans le lit de Gabriel.

Il soupira et se coucha dans l'autre lit en gardant son jean et son ceinturon.

24 – Où le Poulpe finit par se fâcher

— Je vais avec toi, fit Annick fermement.

Le Poulpe avait passé une très mauvaise nuit. Il s'était réveillé vers deux heures avec la sensation d'être tiré par les pieds. Annick était en train de lui enlever son pantalon. « Tu n'as pas le droit de me laisser seule après m'avoir offert aux appétits vicieux de Montecino, avait-elle plaidé. De plus, tu as manifestement envie de moi. Regarde-toi, si tu l'oses. » Gabriel s'était regardé et il avait filé prendre une douche. Quand il en ressortit, Annick s'était endormie.

— C'est trop dangereux, objecta le Poulpe.

— Et me refiler à cet obsédé, c'était de tout repos peut-être ? Emmène-moi ou je sors à poil dans la rue en criant au viol.

Ils prirent leur petit déj' au Bar des Sables d'où Gabriel passa un coup de fil à Montecino.

— Comment t'as eu ce numéro, putain ? râla le promoteur.

— Je te comprends pas, mon pote, fit le Poulpe. Tu passes ton temps à te demander comment je sais des trucs que tu connais par cœur.

— Ça va, ça va... Ne recommence pas ton cirque d'hier soir... Qu'est-ce que tu veux ?

— Vous voir tous les deux. Je sais comment coincer les types d'ARRÊTEZ LE CARRELAGE !

— Merde... Tu connais la brasserie qui fait l'angle de...

— De mon cul, coupa le Poulpe. Tu veux pas non plus qu'on aille discuter de ça dans les locaux de F.R.3 Bretagne ?

— O.K., viens au bureau.

Gabriel nota l'adresse du bureau.

Cette fois-ci, la plaque portait la mention SOKERPRO. KER pour Kerletu, se dit le Poulpe en appuyant sur le bouton de la sonnette.

— Qu'est-ce qu'elle fout là ? s'étrangla Montecino en voyant Annick.

— Elle vient prendre des nouvelles de ta santé, Don Juan, fit Annick.

Elle ponctua sa phrase d'un vigoureux shoot dans l'entrejambe du Don Juan en question qui se mit aussitôt à câliner ses burnes en gémissant.

— Qu'est-ce qui t'arrive, Marcel ? s'enquit la voix d'Husson.

— Il chante victoire, fit le Poulpe.

Il sortit le Remington et, poussant Montecino devant lui, il entra dans le bureau d'Husson.

— Reste assis, Ducon. Tu tomberas de moins haut, fit-il en lui écrasant les dents d'un revers de crosse.

L'ancien élève de Sciences-Po décolla de son fauteuil avant d'atterrir, menton en avant, sur l'acajou de sa table de travail.

— On rigole plus, les gars. On perd pas de temps non plus. Je veux juste le nom du type qui va vendre le Polygone de tir de Kerletu.

— On partage, proposa Montecino en lâchant ses parties.

Il avait tort. Annick fit mouche une seconde fois d'une jolie frappe du pied droit.

— Hors sujet, Don Juan.

— Vas-y mollo, ma douce, sourit le Poulpe. Faut quand même qu'ils causent...

Il sortit une tenaille de son sac.

— Je sais que vous allez nous dire d'aller nous faire foutre, continua-t-il. Vous allez faire de la résistance et on n'en finira plus...

Il s'approcha d'Husson et lui prit la main droite. Le beau gosse, groggy, n'avait plus la force de réagir.

— ... J'ai trouvé le truc dans un bouquin de la Série Noire. C'est l'histoire d'un anar espagnol et muet qui veut faire parler des toxiques dans votre genre. Les méchants ne croient jamais les bons capables de férocité...

Le Poulpe coinça l'index d'Husson dans la tenaille.

— ... Ils ont tort... La férocité peut être une vertu quand elle est dans le camp de ceux qui se battent pour la justice.

D'une seule pression de sa grande paluche, le Poulpe sectionna net la première phalange de l'index droit d'Husson. Le bout de doigt tomba sur la table et son ex-propriétaire dans les pommes.

— Voilà le travail, fit le Poulpe, impavide. Donne-moi ta main, Marcel. Vous étiez associés à parts égales, non ?

Montecino fila se réfugier sous le bureau d'Husson en sanglotant. Il était tout gris.

— Ta main, Marcel... Tu me donneras le nom du type, après.

— C'est le ministre ! hurla Montecino.
— Quel ministre ?
— Celui de la Défense ! Jean-Louis Auriol.
— On dirait bien que tu viens de sauver ton intégrité physique, Marcel, fit gentiment le Poulpe. C'est déjà ça.
Il se retourna vers Annick qui, malgré son teint verdâtre, s'efforçait de crâner.
— Ces gens ont besoin de soins, ma douce. Tu devrais faire un tour à la pharmacie.
Elle fila sans demander son reste. Le Poulpe eut l'élégance de ne pas remarquer les hoquets nauséeux qui venaient de la salle de bains. Il déchira un morceau de la chemise d'Husson, le trempa dans un carafon de whisky et le serra autour de l'index du promoteur évanoui.
— Sors de là, Marcel, dit-il à Montecino. Ce qui va suivre ne regarde que nous. Vous le tenez comment, votre ministre ?
— Le fric, fit Montecino en sortant timidement la tête. Il possède un tiers des actions de la Kerlinvest.
Le Poulpe fit claquer sa tenaille sous le nez du promoteur.
— Tu recommences déjà à mentir, Marcel. Je me doute bien qu'il touche. Je veux savoir comment vous l'avez attrapé.
— Enlève ce machin de sous mon nez, bordel, bredouilla précipitamment Marcel. Il a une maison dans le golfe du Morbihan et il aime bien donner des fêtes pour les enfants... Je l'ai su et je me suis arrangé pour...
— T'as su que dalle, espèce d'ordure, gueula le Poulpe en chopant Montecino à la gorge. C'est toi qui lui organisais ces petites sauteries...
— C'est vrai... Lâche-moi, je vais tout te dire... Un jour, je suis venu avec de la coke et de l'héro... Tu connais les effets du speedball... ? Il était tellement dans le coaltar que j'ai pu prendre une série de photos... C'était avant qu'il devienne ministre mais on s'est dit que ça valait le coup d'investir sur ses chances... Il a commencé à préparer le terrain en attendant son heure. Quand on a formé le nouveau gouvernement, il a exigé la Défense. C'est tout.
— Et il a pas cherché à vous baiser en force ? Vous n'êtes pourtant pas du genre à vous taire sous la torture.
— On a un quatrième associé. Il se planque quelque part sous un faux nom... On ne connaît ni le nom ni l'adresse... On communique tous les jours par téléphone cellulaire. Si quelque chose cloche, il balance son jeu de clichés à la presse.

— Pas mal, apprécia le Poulpe. Il a appelé, aujourd'hui ?

Montecino hésita un peu trop. Le Poulpe le chopa par la ceinture de son pantalon.

— Fais gaffe, Marcel. Plus je te connais et plus j'ai envie de te faire mal... Et c'est vraiment pas l'index que je te couperai... T'es un peu vieux pour chanter à la Sixtine, si tu vois ce que je veux dire.

— Il va appeler dans une heure, fit Montecino en se cajolant les parties.

— T'as un moyen de le désamorcer ? Réfléchis bien avant de dire une connerie parce qu'après ce sera trop tard.

— Qu'est-ce que t'as l'intention de faire ? Garder tout le truc pour toi tout seul ?

— J'ai l'intention d'empêcher la vente du Polygone et de laisser Kerletu vivre sa vie. Ça t'étonne, hein... ? Cherche pas à comprendre, Marcel. Occupe-toi de rester en vie le plus longtemps possible et ça, ça dépend uniquement de ce que je vais dire au ministre.

— Tu vas lui téléphoner ? fit Montecino, affolé par tant d'audace.

— Je vais même aller le voir. Je ne me fais pas de soucis pour Kerletu, c'est pour vous que je m'en fais. Si je peux pas lui prouver que le pétard qu'il a sous les miches est vraiment et définitivement éteint, ses dernières instructions seront pour vous. Tu vois le topo, Marcel ?

Marcel voyait très bien. Il se traîna jusqu'à la fenêtre, l'ouvrit et se pencha au-dehors. Gabriel crut qu'il allait se balancer sur le boulevard mais Montecino revint en tenant un petit sachet de papier délavé par les intempéries.

— Tout est dedans, fit-il.

Le Poulpe prit le sachet. A première vue, ce n'était qu'un banal sac de poison qu'on trouve chez les droguistes et qu'on fixe sur un mur pour éloigner les bestioles. Le Poulpe défit le solide fil d'acier qui servait à suspendre le sachet et découvrit la bourse en gros cuir cachée sous le papier.

— Bien vu, fit-il en faisant glisser un tube d'aluminium dans sa main. Les photos sont dedans ?

— Microfilms... Ouvre-le... Les instructions sont dedans...

Gabriel ouvrit le tube. Il trouva les films dans une petite feuille de papier pliée en quatre.

— Il y a deux phrases. Laquelle est la bonne ?

— La deuxième. Lis-la-moi. Je m'en souviens plus.

— *Le mort peut revenir se mettre à table*, lut-il. Chic jusqu'au bout, hein les gars ? On enfile des mineurs, on arnaque les fauchés, on fait chanter la république, mais on cause comme au bridge.

Annick soigna Husson avec des attentions de mère. Il ne desserra pas les dents pendant que Montecino lui faisait le rapport de ce qu'il avait loupé en tombant dans les pommes. Ils signèrent sans broncher le mémo que le Poulpe avait rédigé pour eux et qui fixait, outre les grandes lignes de la magouille, le montant des dédommagements à verser aux habitants de Kerletu. Gabriel n'avait pas oublié de mentionner une somme rondelette pour ses propres frais et, bien qu'il se fît maintenant une idée des véritables responsables du naufrage, l'achat d'un nouveau bateau pour Job.

Il attendit que Montecino eût répondu correctement à l'appel du mort pour conclure.

— En ce qui me concerne, c'est fini. Vous pouvez reprendre vos activités mais vous n'avez pas intérêt à disparaître avant d'avoir indemnisé tous les gens de Kerletu. Continuez à avoir peur de moi, c'est un conseil qui vous rendra la vie plus facile. La somme qui me revient est à payer tout de suite, les échéances du reste seront fixées par le détenteur de cette lettre. Méfiez-vous, il est encore plus vicelard que moi. Allez, et ne pêchez plus... Ou choisissez des poissons sans dents.

Le Poulpe appela le ministère d'une cabine.

— C'est pour un rendez-vous avec le ministre.

— De la part de qui ? demanda une standardiste.

— Vous avez deux minutes pour me brancher sur le chef de cabinet du ministre. Sinon, achetez le *Canard enchaîné* de demain.

— Oui, fit très vite une voix distinguée et inquiète.

— Moins d'une minute, apprécia le Poulpe. Continuez à être aussi vif et vous serez sûrement décoré.

— De quoi s'agit-il ? fit la voix un peu plus inquiète.

— Il est midi. Je serai devant le bureau du ministre à 17 heures. C'est à lui de voir.

— Mais de voir quoi, bordel de Dieu ?

— Juste un petit problème qui concerne ses parts dans la Kerlinvest et le fondement de certains mineurs. Vous vous souviendrez ?

25 – Où le Poulpe vide un chargeur dans le corps d'un ministre

A 17 heures pétantes, le Poulpe traversait le ministère de la Défense derrière un chef de cabinet cassé en deux par une déférence un peu fébrile.

— Redressez-vous, mon vieux, fit le Poulpe quand ils furent devant la porte du bureau particulier du ministre. Vous allez finir par vous marcher sur une oreille.

Le ministre était seul. Il ne se leva pas pour accueillir Gabriel. Il s'était composé la gueule d'un type à qui on ne la fait pas.

— J'ai peu de temps à vous consacrer, monsieur. Et si j'ai...

— Si t'as accepté de me recevoir, c'est que t'as les couilles qui baignent dans la nitroglycérine, monsieur le Ministre. Alors, me bassine pas avec le protocole.

— Qu'est-ce que vous voulez ? fit le ministre qui s'était soudain mis à transpirer.

— Sauver ton poste, ta carrière, ta réputation et, bien que ça me désole un peu, ta peau. T'as entendu parler de ces photos ?

Le Poulpe balança une enveloppe sur le bureau. Auriol l'ouvrit fébrilement et fit glisser les microfilms.

— Regarde-les, fit sèchement le Poulpe.

Le ministre les examina rapidement à la loupe. Quand il les reposa, son regard évita celui de Gabriel.

— Je... Enfin, je sais qu'un individu a fait un monstrueux montage... Je m'apprêtais justement à...

— T'es sur la mauvaise route, là. Je supporte pas les mecs qui se défilent quand ils ont le nez dans la merde. Un peu de courage, bordel !

Le ministre suait tellement que le Poulpe se demanda s'il savait nager.

— C'est bien moi... Combien vous voulez ?

— Kerletu.

— Je ne peux pas... Si je fais ça, Husson et Montecino vont me balancer à la presse.

— T'occupe pas de ces deux minables. Ils ont leur compte. Le quatrième homme aussi.

— Vous voulez dire que... ? Ah, mais c'est différent. Je suis tout prêt à traiter avec vous, dans ce cas. Je suppose que vous connaissez le projet ?

Gabriel se retint de gerber sur l'acajou du pouvoir. Il se retint aussi d'écraser la tronche d'Auriol avec le buste de Marianne.

— Pas dans tous ses détails. Le Polygone de Kerletu est déjà en vente ?

— Pas encore, mon cher, pas encore. Le rapport qui rend compte de son caractère obsolète n'est pas encore parti. On dirait que j'ai bien fait d'attendre, n'est-ce pas ?

— Vachement, fit le Poulpe en grinçant des dents. Je peux y jeter un coup d'œil ?

— J'allais vous le proposer.

Auriol fouilla dans un des tiroirs du bureau.

— Laisse ta main où elle est.

Le ministre leva les yeux sur le 38 que le Poulpe braquait sur sa tête.

— Pose ton flingue devant toi, fit doucement Gabriel.

— C'est un malentendu, bafouilla Auriol, qui tenait la crosse d'un automatique entre le pouce et l'index.

— On dirait que tu vas pisser avec, rigola le Poulpe. Lâche-le et passe-moi le rapport.

Le ministre s'exécuta. Gabriel prit le rapport. Il le feuilleta sans cesser de surveiller Auriol. Il se demandait ce que le fumier allait bien trouver pour s'en sortir.

— T'as des couilles, mon gars. Des couilles et de la cervelle. Je crois qu'on va s'entendre.

Le ministre faisait ce qu'il pouvait pour parler comme un dur mais le résultat n'aurait pas passé le casting d'une série de TF1. Le Poulpe éclata de rire.

— T'as du pot d'être marrant, toi. J'ai bien cru que j'allais me foutre en rogne.

Et il déchira le rapport.

— Ecoute-moi bien, maintenant. Je veux Kerletu mais je le veux comme il est. Le Polygone n'est plus à vendre, la Kerlinvest est dissoute et tu vas sagement faire ton boulot en attendant le prochain remaniement ministériel. Tu peux même garder les photos. Je ne fais chanter personne mais je peux tuer avec une grande facilité. Je vais confier l'autre jeu à un officier irréprochable, quelqu'un dont les pourris de ton acabit ne peuvent même pas soupçonner l'existence. Ça, c'est pour te limer un peu les dents mais ta véritable épée de Damoclès, c'est moi. Donne-moi une seule raison de te flinguer et t'es mort. Compris ? Maintenant, ouvre la bouche.

Le Poulpe sortit toutes les cartouches de l'automatique d'Auriol et les lui fit avaler une par une.

— Celles-là vont te traverser dans la longueur. La prochaine coupera à travers champs.

26 – Où le Poulpe en sait plus sur les fusées de détresse

Quand le Poulpe descendit de l'avion de Paris, il était près de 9 heures. Il refit une dernière fois la route de Lorient à Kerletu en s'extasiant naïvement sur le pouvoir qu'avait le soleil d'éclairer encore le granit quand le béton était déjà dans l'ombre. « Il retarde son crépuscule pour ceux qui protègent leur éternité », pensa-t-il en se laissant glisser le long de la lumière dorée des côtes bretonnes.

Porh Guerh était désert et il fit son sac rapidement.

— Tu t'en vas ? demanda Annick.

Il ne l'avait pas entendue arriver. Elle se tenait dans l'embrasure de la porte, les yeux déjà humides.

— Pas encore. Il me reste une dernière chose à régler.

— Mais tu as fait ton sac.

— Je ne veux pas laisser de traces dans cette maison. C'est trop dangereux pour ceux qui y habitent.

— Emmène-moi avec toi.

— Pas cette fois.

— Pourquoi ?

— Ces gens ne plaisantent pas, ma douce. Il arrive que les armes servent vraiment à tuer.

— Je peux faire quelque chose.

Gabriel l'embrassa longuement. Ce fut un vrai baiser. Un dont il rêvait depuis qu'il l'avait rencontrée.

— Prépare le banquet de la victoire et pare-toi pour le retour du héros.

Elle avait l'air si triste et si désemparée que le Poulpe sut qu'il devait vraiment disparaître.

Il s'arrêta devant la gendarmerie de Port-Louis. Le capitaine était là.

— Vous ne bougez donc jamais ? fit le Poulpe en se laissant tomber sur une chaise.

— Vous m'avez l'air fatigué, Van Pulpen.

— Je le suis. Je viens de Paris. J'y ai vu un ministre à qui j'ai vanté votre intégrité.

— Vous ne lui avez pas dit mon nom, au moins ?

— Pas de danger, rigola Gabriel. C'était le vôtre.

— Mon ministre ?
— Oui. Vous le retrouverez sur des photos que vont vous remettre Husson et Montecino. Vous pouvez vous dispenser de les regarder, elles risquent de vous mettre en colère.
— J'ai l'habitude. Vous êtes sûr qu'ils vont bien me les remettre ?
— On ne s'habitue jamais à ça.
Le Poulpe lui tendit une enveloppe.
— Ils vous les donneront, poursuivit-il. Voilà leurs aveux et le montant de leur note. A vous d'ordonnancer les détails. La partie qui me concerne est déjà réglée.
Le capitaine prit l'enveloppe et la rangea sans la lire.
— Alors, c'est fini, fit-il en croisant les mains sur son ventre.
— Presque. Il reste l'affaire de *La Belle Bretonne*.
Le capitaine sourit.
— Qu'en pensez-vous, Van Pulpen ?
— Qu'elle n'a jamais sauté sur une mine allemande mais que c'est vous qui vous en êtes chargé.
— Intéressante hypothèse. Vous pouvez la justifier ?
— Disons que si vous aviez cherché à m'attirer à Kerletu, vous ne vous y seriez pas pris autrement.
— Et Job dans tout ça ?
— Je le crois capable de faire sauter son bateau et nager jusqu'à celui où vous l'attendiez.
— Romantique mais absurde, mon cher Van Pulpen. C'est un peu comme si je croyais que vous êtes une espèce de justicier, un Don Quichotte un peu plus habile que celui de Cervantes.
— Absurde, en effet, fit le Poulpe en souriant. Au revoir, mon capitaine.
Il se leva et tendit sa main au gendarme.
— Je vous accompagne.
Les deux hommes se serrèrent la main en regardant les derniers rayons du soleil s'enfoncer à l'ouest. Le capitaine attendit que Gabriel eût fait tonner le moteur de la Commando pour parler.
— Job est un marin, Van Pulpen. Comme l'étaient mon père et bon nombre des hommes de Kerletu. Quand un marin a tout essayé pour sauver son bateau, quand il ne lui reste plus qu'à croire en sa bonne fortune, savez-vous ce qu'il fait, monsieur Van Pulpen ? Il allume ses fusées de détresse et il prie pour qu'un navire ami croise dans le secteur et aperçoive ses feux.

Librio
Le livre à 10 F

207

Achevé d'imprimer en Europe
à Pössneck (Thuringe, Allemagne)
en février 1998 pour le compte de EJL
84, rue de Grenelle, 75007 Paris
Dépôt légal février 1998

Diffusion France et étranger : Flammarion